ATELIER

NATHALIE ROUANET

INDIEN-ROT

ROMAN

ATELIER

EDITION ATELIER WIEN

Ich widme dieses Buch meiner Mutter, die mich Lesen und Schreiben auf Französisch gelehrt hat, und meinem Vater, der mir die Liebe zur deutschen Sprache und Literatur vermittelt hat.

»Sterben ist das Auslöschen der Lampe im
Morgenlicht, nicht das Auslöschen der Sonne.«
[Rabindranath Tagore]

»Alle glücklichen Familien sind gleich.
Jede unglückliche Familie ist
unglücklich auf ihre Art.«
[Lew Tolstoi]

»Gebt euch den Mädchen hin, solang es euch gefällt!
Ein kurzer Märchentraum, ein Windhauch
ist die Welt.«
[Rudaki]

Am 31. Juli 1948, in einer noblen Villa der indischen Stadt Shimla, bringt sich eine Ungarin namens Marie Antoinette mit der Pistole ihres Mannes, eines indischen Sikhs, um. In einem Film würde das tragische Ereignis ganz am Ende stattfinden. Auch die Details würden wir nicht gleich erfahren. So wie ich dieser Geschichte Tag für Tag, Spur für Spur nachgegangen bin. Am Anfang des Films, keine Markierung von Zeit und Ort. Nur: außen, Tag. Tropischer Regen. Totale auf eine Villa an einem Berghang, während Titel und *credits* eingeblendet werden. Grüne Dächer, verzierte Erkerfenster, von einer Kuppel überragt, kleinen Mausoleen gleich. Im Garten sind Föhren, Farnbäume und Rhododendren zu sehen. Kenner würden anhand der Architektur und der Vegetation die Gegend bestimmen können. In der nächsten Szene schwenkt die Kamera durch einen Salon. Schwere Vorhänge und Drapierungen, an den Wänden Ölbilder, gerahmte Fotos und indische Miniaturen; ein kleiner Schreibtisch mit Jugendstillampe. Viele Bücher und Papiere liegen herum, eine Lupe, das kolorierte Foto von zwei kleinen Mädchen mit Frisuren und Kopfschmuck der Zwanzigerjahre. Wir vernehmen das Brummen eines Ventilators, Klirren von Geschirr. Die Kamera schwenkt weiter durch das Zimmer. Zoom auf einen niedrigen achteckigen Tisch aus geschnitztem Zedernholz. Detaileinstellung: Dunkle Männerhände gießen Tee in eine Porzellantasse. Wir sehen, dass da jemand sitzt. Ein seidener Stoff, feine Frauenschuhe. Eine langsame Kamerarückfahrt zeigt eine weiße, elegant gekleidete Frau; sie ist älter, deutlich über sechzig. Sie sitzt völlig zusammengesunken im Sessel, ihr Haar vom Ventilator leicht zerzaust, gedankenverloren, der Blick wässrig, das Gesicht zerfurcht. Der Mann, offensichtlich ein Diener, trägt indisches Gewand, weiße Jodhpurs, *bandgalla* und ein rotes Kopftuch. Dies würde beim Zuschauer den Eindruck bestätigen, dass wir uns irgendwo in Indien befinden.

Die Frau würde sagen:

– Machen Sie bitte die Vorhänge zu und lassen Sie mich alleine.

Sie würde vielleicht aufstehen und aus einer Schublade, in der wir eine Pistole erkennen könnten, Briefe herausholen. Sie würde einen Brief nehmen und entfalten, und eine Erzählstimme würde zu sprechen beginnen. Nein, noch würde sie nicht aufstehen, sondern nur ihren Blick durch den Raum schweifen lassen. Wir folgen dem Blick auf ein Ölbild mit einem roten Terrakotta-Elefanten, auf das Porträt eines jungen Mannes, auf das kolorierte Foto mit den kleinen Mädchen. Kinderlachen würde eine Rückblende ankündigen. Überblendung des Fotos. Und eine Einblendung würde erscheinen: *Budapest, 34 Jahre zuvor.*

Draußen ist schon Frühling. In einem Landhaus in den malerischen Hügeln von Buda hat Marie Antoinette Gottesmann-Baktay ihr zweites Kind bekommen. Wieder ein süßes, gesundes Mädchen. Ein Foto zeigt die glückliche Mutter auf ihrem Bett sitzend, einen Jugendstilspiegel, Blumenvasen überall; sie wiegt das kleine Kind. Es scheint eingeschlafen zu sein. Seine große Schwester steht unsicher auf Zehenspitzen davor. Beide Mädchen tragen weiße Rüschenkleider, Marie Antoinette ein besticktes Kleid, eine Art Volkstracht oder eher Jugendstilmode, denn sie ist eine Frau ihrer Zeit. Sie stammt aus einer großbürgerlichen ungarischen Familie mit jüdischen Vorfahren und hat bereits ein kosmopolitisches Leben hinter sich. Schon vor ihrer Hochzeit war sie als angehende Opernsängerin um die Welt gereist. Als ihr erstes Kind geboren wurde – ein Jahr zuvor, am 30. Januar 1913, einem sonnigen Sonntag –, soll die Donau zugefroren gewesen sein. Und als das kleine schwarzhaarige Mädchen das Licht der Welt erblickte, soll die Kirchenglocke Mittag geschlagen haben. Damals wohnte die Familie in der Altstadt von Budapest. Adresse: Szilágyi-Dezső-Platz 4. An der Hausfassade wurde eine Gedenktafel für sie angebracht, die besagt, dass auch Béla Bartók hier gewohnt hat. Bis dahin nichts sehr Originelles für eine Familie der Donaumonarchie. Was überraschen mag, sind die Vornamen der beiden Mädchen. Die

Große heißt Amrita, das Baby Indira. Es sind beides indische Vornamen, die aus dem Sanskrit kommen. Indira heißt »Schönheit« und Amrita bedeutet »Unsterblichkeit«. Marie Antoinette hat diese Namen nicht irgendeiner Lektüre entwendet oder von einer Orientreise zurückgebracht. Aber eine Indienreise hat sie sehr wohl gemacht, da sie dank einer Zeitungsannonce der indischen Prinzessin Bamba Sofia Jindan Dalip Singh als Reisebegleiterin von Budapest nach Indien folgen durfte. Und in einem Salon in Lahore stellte ihr die Prinzessin einen gewissen Umrao vor. Umrao Singh Sher-Gil. Die Prinzessin und er hatten sich ein paar Jahre zuvor in London kennengelernt. Umrao und die Prinzessin tragen den im Norden Indiens meist verbreiteten Namen *Singh*, was »Löwe« bedeutet. Umrao Singh Sher-Gil stammt aus einer aristokratischen Familie des nordindischen Punjab. Seine Brüder, seine Onkel, sein Vater sind Industrielle, Politiker, wichtige Mitglieder der Sikh-Gemeinschaft. Denn Umrao ist kein Hindu, sondern ein Sikh, wie der Name *Singh* schon verrät. Auf Amritas Geburtsurkunde ist allerdings der Vater als »britischer Staatsbürger ohne Bekenntnis« eingetragen.

Prinzessin Bamba war damals schon sehr von ihm angetan gewesen. Und da Umrao verwitwet war, hätte ihn die Prinzessin gerne geheiratet. Aber an diesem Abend in Lahore gewährte Umrao nun lieber der Reisebegleitung der Prinzessin seine Gunst, dieser jungen exzentrischen Ungarin mit feuerrotem Haar, die auch noch göttlich sang und dazu Klavier spielte. Sie soll sogar in Rom bei Puccini gelernt haben. Was sie an dem Abend in dem Salon in Lahore gesungen hat, werden wir wohl nie erfahren. Aus einem Werk ihres Meisters: *Manon Lescaut* oder *La Bohème*? In den Pariser Salons hörte man damals Saint-Saëns und Fauré, natürlich auch Schumann und Schubert. Aber in dieser kolonialen englischsprachigen Gesellschaft? Was immer sie gesungen hat, Marie Antoinette hat damit Umrao bezirzt. Oder war es ihr blasser Teint? Ihr feuriges Haar? Oder war es Umrao, der sie mit seiner Kultur und seiner Aura verzaubert hat? Hat er für sie Guru Nanak zitiert? *Von der Frau wird man geboren, in der Frau wächst man heran, mit einer Frau verlobt und vermählt man sich. Von der Frau erfahren wir Freundschaft; durch die Frau setzt sich der Gang der Welt fort.* So gebildet Marie Antoinette gewesen sein mag, könnte sie von diesen Worten nur geschmeichelt gewesen sein. Neue Horizonte, eine neue Welt, in der *niemand wäre ohne die Frau*.

Und so setzte sich der Gang der Welt fort: Umrao und Marie Antoinette heirateten in Lahore, und bald darauf erwartete Marie Antoinette ihr erstes Kind. Sie bestand aber darauf, das Kind in Ungarn zur Welt zu bringen.

So erhielt das erste Kind der dreißigjährigen Ungarin den verheißungsvollen Vornamen Amrita, »die Unsterblichkeit«, »das Lebenselixier«. In der hinduistischen Mythologie ist es der Name eines Tranks, der Göttern und Menschen außerordentliche Kraft und Schutz vor Todesgefahr bringt. Im *Mahabharata* wird der hinduistische Schöpfungsmythos erzählt, der Mythos der Suche nach dem Unsterblichkeitstrank, *Amrita*, den Götter wie Dämonen begehren, der aber im Milchozean verborgen liegt. Als 1918 die fünfjährige Amrita an der Spanischen Grippe erkrankte, erwies sich ihr Vorname als gutes Omen.

So exotisch wie Indien auf Marie Antoinette muss Europa auf Umrao Singh gewirkt haben, selbst wenn man sich durchaus vorstellen kann, dass sein Lebensmittelpunkt für seine Tätigkeit nicht von Bedeutung gewesen ist. Denn Amritas Vater war ein Gelehrter, der Sanskrit, Urdu und Persisch studierte. Er sprach fünf Sprachen. Darüber hinaus interessierte er sich für Astronomie, Yoga, Kalligrafie, moderne Technik, vor allem für Fotografie. Er experimentierte zum Beispiel bereits damals mit Autochromverfahren und Stereofotografie. Seine vielen Fotografien sind heute kostbare Zeugnisse des damaligen Alltags: Sie dokumentieren das Aussehen der Familienmitglieder, die Wandlungen der Mode, des Interieurs. Er machte auch zahlreiche Porträts von sich selbst: Umrao als zwanzigjähriger Kricketspieler, Umrao als Schachspieler; mit Fotoapparat vor einem Spiegel; in seinem Arbeitszimmer vor der Schreibmaschine oder dem Teleskop in den Vierzigerjahren, fast immer mit Turban und langem weißen Bart; Umrao als Tolstoi, den er so sehr verehrte, diesmal ohne Turban, nur mit Patriarchenbart, russischem Bauernkittel aus grober Wolle, dünnem Ledergürtel und in der typischen Haltung des alten Tolstoi; 1930 in Paris posierte er fast nackt nach dem Fasten: Er trug bloß einen weißen Lendenschurz.

Selbst im Paris der Moderne muss Umrao Singh wohl eine seltsame Erscheinung gewesen sein. Und schon gar für die ländliche Bevölkerung der Donaumonarchie. Auch die Tatsache, dass er nie Alkohol trank und Vegetarier war, dürfte aus ihm ein »ungarisches Original« gemacht haben!

Der Ausbruch des Ersten Weltkriegs hinderte die Familie lange daran, nach der Geburt der beiden Töchter nach Indien zurückzukehren. Und da der Vater über seine Geldreserven aus Indien nicht mehr verfügen konnte, musste die Familie zunächst in die Hügel von Buda übersiedeln.

Budapest ist zur Jahrhundertwende eine pulsierende Metropole. Alle Künste blühen: Architektur, Kunstgewerbe, Musik. Es gibt sogar eine Akademie für Orientalistik. Umrao Singh trifft sich mit bedeutenden Wissenschaftlern und forscht über die *Bhagavad Gita*, über den Dichter Sarmad und die *Rubaijat* von Omar Chayyam. Auf den Hügeln von Buda verkehrt die Familie Sher-Gil mit der liberalen Elite der Stadt: berühmten Schauspielern, Schriftstellern, Künstlern, Musikern, Gelehrten. Man geht in die Oper, ins Theater, wo Mari Jászai als Kleopatra und Lady Macbeth glänzt. Marie Antoinette veranstaltet Soireen, bei denen dieselbe Mari Jászai Gedichte von Petőfi rezitiert. Die Wohnung ist mit Perserteppichen, Ledersesseln, Jugendstilmöbeln und Kunstgegenständen eingerichtet. Die Wände schmücken sowohl ungarische Altmeister und Stiche englischer Künstler als auch Holzschnitzereien aus Java und Japan. Auf einem

Selbstporträt des Vaters sieht man an der Wand hinter ihm Kunstfotografien und persische Miniaturen in Elfenbein- und Silberrahmen.

Die Mädchen wachsen wohlbehütet auf. Amrita sitzt auf einer Holzschaukel, die im Türrahmen befestigt ist, spielt mit ihrem Puppenwagen oder mit ihrer Schwester und kleinen Zelluloidtieren in der Badewanne. Alles fotografisch festgehalten.

Doch wird die Lage immer schwieriger. Der Krieg dauert an. Die Mittel werden knapper. So muss die Kleinfamilie nun nach Dunaharaszti, in das Landhaus der Eltern Gottesmann, ziehen. Südlich von Budapest liegt der idyllische Ort am Ufer eines Donauarmes. Trotz Lebensmittelknappheit scheinen die vier Jahre, die die Sher-Gils in Dunaharaszti verbracht haben, die glücklichsten gewesen zu sein, wie ein Brief der Mutter und ein Foto bezeugen: Die zwei Mädchen sitzen in der Küche an einem niedrigen Tisch, vor ihnen zwei Suppenteller; daneben sitzt Marie Antoinette auf einem Kinderhocker zusammengekauert und lächelt ihre Kleinen an; hinter Indira, im ovalen Spiegel einer Vitrine, spiegelt sich die Gestalt des Vaters mit Fotoapparat; auch er wirkt glücklich. Neben der Vitrine steht ein Klavier. Denn die Mutter will ihnen die Liebe zur Musik weitergeben, also spielt und singt sie, vielleicht die *Ungarischen Rhapsodien* von Franz Liszt oder die *Ungarischen Tänze* von Johannes Brahms. Da zur Instrumentensammlung des Vaters nicht nur ein Phonograph, sondern auch ein Grammophon gehört, bekommen sie auch Musik vorgespielt. Seit 1906 hat

Pathé Frères nämlich eine Niederlassung in Budapest, und der große Tenor Agustarello Affre hat bereits alle damals beliebten Opern auf Zylinder oder Schellack aufgenommen. Bald erhalten Amrita und Indira selbst Klavierunterricht.

Der größere Einfluss der Mutter auf Amritas Schaffen dürfte jedoch das Erzählen von Märchen gewesen sein. Marie Antoinette liest ungarische Volksmärchen. Ich stelle mir vor, wie die kleinen Mädchen ihre Augen weit aufreißen, wenn die Mutter vorzulesen beginnt: »Es war einmal, oder auch nicht, jenseits des Operenziameeres«, oder »Es war einmal in einer Stadt, wo Turm auf Turm getürmt war.« Oder sogar wie sie selber verlangen: »Bitte Mama, erzähl die Geschichte von der redenden Weintraube, vom lachenden Apfel und vom klingenden Pfirsich!« Amrita, die so gerne zeichnet, illustriert die Märchen mit Farbstiften: *Der Federkönig*, *Die Braut des Phuvusch*, *Die geizige Bäuerin*, *Die drei kostbaren Dinge*. Denn am liebsten zeichnet sie ihre Puppen und Stofftiere, Heldinnen aus Büchern oder Filmen. Später, mit sieben Jahren, erfindet sie selbst Geschichten. Sie konnte schon mit fünf Jahren Ungarisch lesen und ein wenig schreiben. Das Landleben gibt ihr auch genügend Stoff: die Bauern, die Tiere, die Natur. Manchmal kommen die Cousins Victor und Viola zu Besuch, man spielt im Garten, am Wasser, im Sommer geht man im Schilf baden. Ein Augenblick des Glücks festgehalten: Es ist Frühling, ein Spaziergang, die Mädchen tragen Sommerkleider, Amrita einen Armvoll Wiesenblumen, die Mutter einen breiten Sonnenhut und ein Lächeln der Liebe und des Stolzes im Gesicht. Und dieses andere Foto, auf dem Amrita allein im Garten auf einem Liegestuhl sitzt, getupftes Kleid, sie spielt mit einem kleinen Sonnenschirm. Ist es überhaupt noch in Ungarn aufgenommen? Auf dieser Aufnahme hat sie schon die für sie so typische Kopfdrehung und den Blick, von dem ich nicht sagen kann, ob er überraschte Besorgnis oder posierte Überheblichkeit ausdrückt. Derselbe Blick wie auf dem Foto in ihrem Atelier in Shimla aus dem Jahr 1937. Distanziert und ergreifend zugleich.

Aus der Zeit in Dunaharaszti haben Zeitzeugen in Interviews mit Biografen berichtet, sich gut an den Vater erinnern zu können. Speziell an die langen Spaziergänge, die Umrao Sher-Gil in exotischer Kleidung mit den Mädchen und dem großen weißen Hund in der Umgebung unternahm. Wie gerne würde ich wissen, welche Kosenamen sie einander gaben! In ihren Briefen aus den Dreißigerjahren nennt Amrita ihren Vater *Duci*. Auf Ungarisch heißt es etwa *Dickerchen*! Alles andere sind Vermutungen. Und welche Geheimnisse sie dem Wald, dem Fluss und dem Schilfrohr anvertraut haben? Hat ihnen der Vater von Indien erzählt? Vom Milchozean, vom Rot der Erde, vom Glühen der frühen Morgensonne auf den Sandsteinfassaden der Paläste und vom Lohen der Scheiterhaufen? Sprach er von Poesie? Von Sarmad, von Rudaki, dem »Dichter von Samarkand«, oder von Nisami, dem »Lehrer aller Dichter«? Haben diese Gedichte Amrita ebenso beeinflusst wie die ungarischen

Volksmärchen und sie ein Leben lang begleitet? Wie etwa dieses Hafis-Gedicht:

> *In welcher Sprache ich auch schriebe,*
> *Persisch und Türkisch gilt mir gleich.*
> *Ein Himmel wölbt sich über jedem Reich,*
> *Und Liebe reimt sich überall auf Liebe.*

Innen. Tag. Großeinstellung auf einen schweren roten Samtvorhang. Wir vernehmen Kinderlachen. Der Vorhang bewegt sich.
   Eine Kinderstimme flüstert:
   – Das darfst du bestimmt nicht.
   Eine andere Kinderstimme:
   – Ich mache, was ich will.
   Aus dem Vorhang treten zwei kleine schwarzhaarige Mädchen mit Frisuren der Zwanzigerjahre hervor, die Größere mit dem dunkleren Teint hat einen Rötelstift in der Hand. Bevor der Vorhang wieder fällt, erkennen wir an der Wand die Rötelzeichnung eines kleinen Elefanten. Totale auf einen üppig ausgestatteten Jugendstilsalon. Die zwei Mädchen tragen weiße Sommerkleider aus Lochstickerei. Als sie weglaufen, sehen wir, dass die Größere barfuß ist. Ranfahrt: Die Kamera folgt ihnen durch den Salon bis in den Gang, wo sie vor einer Tür stehen bleiben. Wir hören das Tippen auf einer mechanischen Schreibmaschine. Die Mädchen lauschen durch den Türspalt.
   Das Tippen hört auf, und eine sanfte Männerstimme sagt:
   – Kommt rein, kleine Mäuse!
   Die Tür geht auf. Kameraschwenk durch den Raum. Ein Arbeitszimmer mit vielen Bücherregalen und unterschiedlichen Geräten: einem Linsenfernrohr, einem Teleskop auf einem Stativ, verschiedenen Fotoappa-

raten, einem Stereoskop, einer Faltenbalgkamera. Am Schreibtisch sitzt ein bärtiger Mann mit Turban an der Schreibmaschine. Vor ihm liegen alte Bücher und Papiere. Das große Mädchen stürzt sich auf den Schoß des Vaters, während die kleine Schwester von Instrument zu Instrument trippelt – sie weiß offensichtlich, dass sie sie nicht berühren darf –, vorsichtig auf einen vor dem Fenster stehenden Stuhl steigt und sich über das davorstehende Teleskop beugt.

Während die Kamera zum Schreibtisch schwenkt, hören wir sie sprechen:

– Bapu, kann man damit bis Indien sehen?

Beide Mädchen kichern. Nahe Einstellung auf den Vater mit dem Mädchen am Schoß. Der Mann ist um die fünfzig, seine Haut ist gegerbt, sein langer Bart und sein Turban lassen ihn zwar ernst schauen, aber sein Lächeln und seine Augen drücken Gutmütigkeit und Klugheit aus. Detaileinstellung auf seine Hände: Sie liegen ruhig auf dem Schreibtisch. Dazwischen spielen zwei kleine Kinderhände mit einer Lupe. Durch die Lupe sehen wir abwechselnd persische Schriftzüge und eine Illustration, eine indische Miniatur. Dann zeichnet das Mädchen mit dem Zeigefinger Buchstaben nach, das lachende Gesicht eines *tā*, die Wellen eines *schīn*, die Schlaufe eines *ghāf*, und fragt:

– Bapu, Duci, was steht denn da geschrieben?

Der weißbärtige Mann beginnt zu lesen und übersetzt:

– *Ich und die Kerze ... die Nachtigall und der Falter ... wir alle sind gleich;* weißt du, es ist ein Gedicht der ältesten

Tochter des Mogulkaisers Aurangzeb. Sie hieß Sibunnisa Machfi.

Die Off-Stimme der Kleinen unterbricht:
– Ich kann einen roten Elefanten sehen!
Die Mädchen kichern erneut.
– Bapu, Duci, erzähl uns von Indien, wie das letzte Mal, von deiner Hochzeit mit Mama!

Die Kleine setzt fort, stellt eine Frage nach der anderen, ohne auf die Antworten zu warten:
– Du, Bapu, werden wir einmal hinfahren, nach Indien? Nehmen wir das alles mit? Die Geräte und auch das Klavier? Amri sagt, dass es dort rote Elefanten gibt, stimmt das? Sag, Bapu, wie ist es in Indien?

Der Vater blickt nun ins Leere. Die Kamera schwenkt durch das Zimmer. Zum Bücherregal, zur Faltenbalgkamera, zum Teleskop und zum Fenster. Fixe Einstellung aufs Fenster.

Der Vater im Off:
– In Indien ist alles ... rot.

Langsame Kamerazufahrt durch das Fenster. Die Hügel Budapests, die Donau. Kameraschwenk den Fluss entlang. Überblendung auf eine nordindische Flusslandschaft mit Wäscherinnen in korallenfarbenen Saris. Detaileinstellung auf ein wunderschönes Frauengesicht mit Zinnoberpulver an der Stirn. Der purpurne Seidenstoff, der ihren Kopf umhüllt, schimmert im Abendlicht. Und die sanfte Stimme des Vaters sagt:
– Ja, in Indien ist alles rot!
Ende der Sequenz.

Aufschrift BOMBAY PORT TRUST. Tag, Sommer. Der Hafen von Bombay. Es wimmelt von Menschen, vor allem von Indern mit bunten Turbanen, Kofferträgern, Eselskarren, ein scheinbar ungeordnetes Treiben. Diese zeitlose Szene kann durch die Anwesenheit einiger Automobile in die Zwanzigerjahre datiert werden. Ein großer Ozeandampfer legt an. Die Gangway wird heruntergelassen und von Schauerleuten mit Tauen am Kai befestigt. Eine Kapelle spielt einen Englishwaltz. Die Passagiere warten ungeduldig und strahlend an der Reling, bis sie an Land können. Die Meeresluft weht durch die Kinderhaare und die hellen Frauenkleider.

Ein schwarzer Ford, Modell T, wartet auf die Familie. Den Mädchen werden safranfarbene Blumenkränze um den Hals gehängt. »Welcome to India!« Amrita lacht. Auf der schleppenden Fahrt durch die Stadt muss die kleine Indira die Augen zumachen, sie fürchtet sich: der Lärm, die hageren sonnenverbrannten Rikschamänner, die bloß in ein weißes Leintuch gekleidet sind, ein Affe auf dem Autodach, der seine Zähne zeigt, die Kobras, die sich nach der Musik der Flöte bewegen, der Gestank nach Fisch und nach Kloake. Amrita lacht. Sie sieht die dunklen Gesichter der Kinder, die bunten Farben der Saris und erkennt das Indien ihres Vaters, das Indien der Gedichte und der Miniaturen, alles ist da: die Männer, ihre Hüften unvorstellbar schmal, ihre Hautfarbe silbern, ihre Brauen geschwungen wie Bögen; die Frauen schön auch ohne Schuhe, ohne Schminke, ohne Schmuck. Sie will alles einfangen, alles zeichnen, mit den neuen Farben, die sie auf dem Schiff zum Geburtstag bekommen hat: die Wasserverkäufer, die Kokosnusshändler, hier diesen hockenden Mann, der sich beim Brunnen wäscht, da diese zwei Bettelmönche mit den rollenden Augen, die Stirn mit oranger Farbe geschminkt, der Körper mit Asche bedeckt. Ein Elefant mitten auf der Straße bremst den ganzen Verkehr. Der Ford fährt langsam an einem Markt vorbei. Eine alte Frau sitzt auf dem Boden mit ein paar Kräutersträußen zum Verkauf, ihre Handflächen sind rot gefärbt. Daneben ein Kind mit einer Handvoll Mandeln in einem Korb, eine magere Kuh stiehlt einen Bund Petersilie. Amrita hält alles fest; buntes Gemüse, Früchte und Knollen, wie sie sie noch nie gesehen hat, farbenprächtige Gewürzpulver, die zu kunstvollen Pyramiden aufgetürmt sind. So viele Rottöne kann sie nicht einmal benennen! Sie kennt Blutrot, Kirsche, Ziegelrot, Mohnfarbe, Feuerrot, Paprika, ach ja, Purpur, Rubin, und in ihrer Farbpalette gibt es noch Krapprot, Zinnober und Amarant ... und diese Blumen da, so seltsam ... ihr Vater hat von einer Blume erzählt, deren Duft so stark ist, dass man ohnmächtig wird.

Bildschnitt.

Neue Aufschrift GREAT TRANS INDIA RAILWAY. Der Zug verlässt die Victoria Station. Wie bei der Autofahrt, kein Blick ins Innere des Wagens. Die Landschaft rollt am linken Fenster vorbei. Der Zug fährt lange am

Meer entlang, schwarze Felsen, bald untergehende Sonne. Amrita sieht die Schönheit der indischen Frauen, die nackten Kinder, die kleinen Tempel, die Elefantenstatuen. Bald kommen die Felder und die Dörfer. Lehmhäuser, Stampferde. Sie sieht die seit Tausenden von Jahren gleichen Gesten, das Schöpfen des Wassers aus einem Brunnen, das Formen der Kuhfladen und Klatschen zum Trocknen an die Hüttenwand. In den Bahnhöfen, wo sie Halt machen, laufen Kinder in Schuluniformen am Bahnsteig entlang und schreien den Passagieren »Namasté!« zu. Ein breiter Fluss wird überquert: Große, weiße Tücher trocknen in der Abendsonne, an den Ghats stehen Menschen bis zur Taille im Wasser und vollziehen ihre Rituale, weiter weg baden Elefanten. Hier und da bilden am Straßenrand ein paar Steine einen Altar, Räucherstäbchen und Kerzen, Blumenblätter und Früchtegaben. In der Ferne sind die schlanken Minarette einer Moschee zu sehen, und in den Feldern die bunten Farbtupfer der Saris. Hier tragen die Frauen große Ohrringe und einen Schmuck im linken Nasenflügel.

Die Erde wird ockergelb und dürr. Die Bäche ausgetrocknet. Die weite Fläche der Felder verwandelt sich langsam in eine Gebirgslandschaft. In der Ferne die verschneiten Gipfel des Himalaja. Eine weiße Stadt hängt wie ein Bienenstock am Bergrücken. Shimla, *Queen of Hills*.

Man war also hingefahren, ins Land der roten Elefanten; man hatte die Ufer der Donau gegen die Gebirgszüge des Himalaja eingetauscht. Und man hatte die Möbel und alle Geräte, von der Faltenbalgkamera bis zum Teleskop, natürlich auch das Klavier mitgenommen. Zu dieser Zeit war Shimla aufgrund des England ähnlichen Klimas der Sommersitz der britischen Kolonialverwaltung. Die Architektur ist heute noch vom viktorianischen Stil geprägt: Musikpavillon, Christ Church, Tudor-Turm.

Weil aber Umrao Sher-Gil vor dem Ersten Weltkrieg mit der indischen antikolonialen Freiheitsbewegung sympathisiert hatte und später auch in einer revolutionären Gruppe aktiv gewesen war, hatten die Briten die meisten Ländereien der Sher-Gils beschlagnahmt. Umraos Entscheidung mag also sehr wohl eine politische gewesen sein.

1919, zwei Jahre vor der Rückkehr der Sher-Gils, verübten in der nordindischen Stadt Amritsar britische Soldaten ein Massaker an Sikhs, Muslimen und Hindus: Sie schossen mit Maschinengewehren auf Männer, Frauen und Kinder, die friedlich für die Unabhängigkeit Indiens protestierten. Dieses Massaker ebnete Gandhis Bewegung des zivilen Ungehorsams den Weg.

Allerdings herrschten in Ungarn ebenfalls Unruhen: Admiral Horthy hatte die nach dem Fall der

Habsburgermonarchie gegründete kommunistische Räterepublik gestürzt und die Macht ergriffen. Ab 1919 kam es in Budapest zu ersten Ausschreitungen gegen Sozialisten, Kommunisten und Juden.

Die Familienfotos der Nachkriegsjahre zeigen nichts von diesen politischen Wirren, sondern zeugen von einer weiteren Idylle. Man scheint geradezu im Abseits zu leben. Anfang Januar 1921 hatte man das Übersiedlungsgut vorgeschickt und sich, nach einem zweiwöchigen Aufenthalt in Paris, in Marseille an Bord der S.S. Malwa nach Bombay eingeschifft. Eine kolorierte Postkarte aus dem Jahr 1908 zeigt den lang gestreckten schwarzen Ocean Liner auf hoher See mit der Legende: *India and China Mail and Passenger Service*. Aus dem Tagebuch eines britischen Archäologen namens Henry Balfour aus dem Jahr 1922 erfährt man die genaue Route des Liners sowie die Fauna, die seinen Weg kreuzte: Sturmschwalben in der Straße von Messina, Delphine an der Küste Kretas, Eisvögel und Flamingos im Hafen von Port Said und Wiedehopfe und Strandläufer im Suezkanal, Killerwale im Roten Meer, Tölpel, Bonitos und Gabelweihen im Hafen von Aden und nur noch fliegende Fische während der fünf Tage dauernden Überquerung des Arabischen Meers.

Amritas Tagebuch, ein mit blumigem Stoff überzogener Band, den sie zu Weihnachten 1920 von ihrem Onkel Ervin bekommen hat, enthält ausschließlich Gedichte und Zeichnungen von Figuren aus Volksmärchen oder aus Filmen und Opern, die sie in Ungarn gesehen hat: Isolde, die Königin von Saba, Carmen, Madame Butterfly, Mata Hari, Salome ...

Aus anderen Quellen geht hervor, dass Amrita ihren achten Geburtstag an Bord feierte, vermutlich im Arabischen Meer. Nach der Ankunft in Bombay am zweiten Februar ging die Reise nach Delhi und Lahore zu Umraos Bruder Sunder. Inzwischen hatte Umrao ein Haus in Shimla gekauft, im Villenviertel Summer Hill: grüne Dächer, verzierte Erkerfenster, im Garten Föhren, Farnbäume und Rhododendren, Affen laufen auf den Dächern herum. Ein Haus, das Marie Antoinette mit den ungarischen Sachen einrichtet; denselben Jugendstilmöbeln, denselben Drapierungen, denselben Bildern, alles nur verlagert, die gleiche Idylle.

Die Mutter kleidet sich weiterhin westlich und veranstaltet die gleichen Soireen wie in Budapest, zu denen sie andere Ungarn einlädt, die mit Indern verheiratet sind, etwa den Maler Sass Brunner oder Fori Nehru, die Frau des zukünftigen Diplomaten Braj Kumar Nehru, mit der sie ungarische Gedichte und Kochrezepte austauscht.

Die Mädchen werden zu Hause unterrichtet, lernen Englisch und Französisch, erhalten Tanz-, Klavier- und Geigenunterricht, und Amrita bekommt einen Zeichenlehrer aus London. In dieser Zeit entstehen für die Mädchen Freundschaften, die ein Leben lang halten werden, etwa zu den Brüdern Zorawar und Amarjit Singh, die den Sommer im Familienhaus in

Shimla verbrachten. Amrita spielte Tennis mit Amarjit und führte ihn in die westliche Musik ein. Später studierte Amarjit in Cambridge und gründete nach seiner Rückkehr in Indien die Delhi Music Society.

Aber noch sind wir im Shimla der Zwanzigerjahre.

Der Vater hat sich in sein Arbeitszimmer zurückgezogen. Er widmet sich weiter seiner Gelehrtentätigkeit und der Fotografie, er studiert und übersetzt alte Schriften aus dem Sanskrit und Persischen; sein offenes Haar fällt wie Asche auf seine Wolltunika, und der Schreibtisch ist wieder voll mit Ledereinbänden, Papieren und Fragmenten. An der Wand, wie im Budapester Arbeitszimmer, die persischen Miniaturen in ihren Silberrahmen. Er liest, er schreibt. Ab und zu hört man die Tasten seiner Schreibmaschine klappern.

Marie Antoinette wird eingeladen, ihr Puccini-Repertoire zu singen, *Un bel dì, vedremo* oder *O mio babbino caro*, wie das Programm vom Shimla Music Club vom 26. August 1924 oder die Zeitung *The Simla Times* vom 18. Juni 1925 bezeugen.

Amrita und Indira beteiligen sich an den Festivitäten und machen dabei gute Figur. Sie tanzen ungarische Tänze, von denen sogar in einer lokalen Zeitung berichtet wird, treten in verschiedenen Theateraufführungen auf, mal in viktorianischen Kostümen, Amrita in der Krinoline, Indira mit Zylinder und Frack, mal in altägyptischen Gewändern, mal mit barocken Perücken. Im Sommer 1922 spielen sie die Pantomime

Pan und das kleine Mädchen, für die Indira in einem grotesken Tigerfell den Pan darstellt.

Das historische Geschehen mag zwar aus den Fotografien Umrao Sher-Gils nicht ersichtlich sein, sie dokumentieren jedoch das Heranwachsen der zwei Mädchen. Die Zeugnisse der ersten Jahre nach der Rückkehr in die väterliche Heimat strahlen kindliche Unbefangenheit aus: Wir sehen sie auf Bäumen klettern, im Schnee laufen, Blumen pflücken oder im Garten *Himmel und Hölle* spielen, barfuß, die Haare zerzaust, die Kleider zerknittert. Man wandert zu den Chadwick Wasserfällen und feiert Weihnachten vor einem geschmückten Baum in Scheherazade-Kostümchen. Heile Welt!

Die späteren Schwarz-Weiß-Aufnahmen und Autochrome des Vaters in Shimla zeigen züchtigere junge Mädchen mit körperbetonten Kleidern, gepflegter Frisur und elegantem Schuhwerk. Nun macht man die Ausflüge in einer Rikscha, von drei Turban tragenden Dienern begleitet. Später noch sitzt Indira grazil am Klavier, Amrita in femininer Pose am Instrument lehnend, oder Amrita posiert mit überschlagenen Beinen träumend in einem Fauteuil.

Ihre Tagebücher weisen ebenfalls auf einen Reifeprozess hin: Ihre zaghafte Bleistiftschrift, mit der sie bis jetzt nur Märchen auf Ungarisch schrieb, wird von einer runden, regelmäßigen Tintenschrift ersetzt. Und der erste Eintrag im neuen Heft vom Jahr 1924 erzählt, diesmal auf Englisch, von einer wesentlichen Episode aus dem Familienleben.

Nach zwei misslungenen Experimenten mit englischen Zeichenlehrern hatte Marie Antoinette in der Person von Giulio Cesare Pasquinelli, einem italienischen Bildhauer, einen neuen Kunsterzieher für ihre Tochter gefunden, mit dem sie sich gerne auf Italienisch unterhielt und bald eine Beziehung einging. Amrita war elf Jahre alt, als auf seine Empfehlung eine Studienreise nach Italien beschlossen wurde. Umrao blieb zurück. Amrita und Indira wurden in Florenz an der Santa Annunziata Kunstschule aufgenommen. Dass die drei Frauen schon nach fünf Monaten zurück nach Indien fuhren, hatte zwei Gründe: Die Beziehung zum verheirateten italienischen Familienvater soll in die Brüche gegangen sein, und Amrita wurde von der streng katholischen Schule verwiesen, weil sie eine nackte Frau gezeichnet hatte!

Von nun an füllt Amrita ihre Hefte mit unglaublich reifen und sehr farbigen Porträts von Kinofiguren: Es tauchen laszive Frauen auf, wie diese provokante Person, die völlig entblößt vor einem Bett steht, die Arme hochgehoben, daneben brennendes Kaminfeuer und über dem Kamin ein Kruzifix. Es sind auch die Königin von Saba mit nacktem Busen, Messalina mit schmachtendem Blick, Mata Hari mit ihren Ketten, Salome und ihre durchsichtigen Schleier zu finden. Sie listet die Schauspieler auf, die sie alle im Kino sieht und die ihre Fantasie beflügeln: Rina De Liguoro in *The Fall of an Empress*, *Savitri* und *Quo Vadis?* mit Emil Jannings, Andrée Lafayette in *Trilby*, Lee Parry in *Monna Vanna*,

Barbara La Marr in *The Eternal City* und *The Prisoner of Zenda*, Lucy Doraine in *Wages of Sin*, Lewis Stone, Paul Wegener, Rudolph Valentino in *The Sheik*, Pierre Magnier in *Cyrano de Bergerac*, Albert Bassermann in *The Loves of Pharaoh*, Conrad Veidt und Liane Haid in *Lady Hamilton*. Alles Schönheitsideale der damaligen Traumfabrik, *femmes fatales* oder Helden des Stummfilmkinos. Amrita lässt sich sogar mit einer schwarzen Schmachtlocke an der Stirn wie Pola Negri im Film *Carmen* von Ernst Lubitsch fotografieren.

Das heranwachsende Mädchen suhlt sich in romantischer Wehmut. Auch der Musikgeschmack der Dreizehnjährigen spiegelt diesen Hang zur Melancholie. Benno Moiseiwitschs Interpretation des *Clair de lune* von Debussy und der *Nocturnes* von Chopin rühren sie zu Tränen, und sie schwärmt für den Violinisten Jascha Heifetz, weniger für seine Version der *Melancholischen Serenade* von Tschaikowsky als für seine braunen Locken, seine weißen Hände, seine schönen Augen und seine vollen Lippen!

Weitere eindrucksvolle Erlebnisse vermerkt Amrita in ihren Tagebüchern der folgenden Jahre: die regelmäßigen Familienbesuche in Saraya, wo Umraos Familie eine Zuckerfabrik besitzt; weiters die Indienreise mit der Mutter nach Kalkutta, Benares, Lucknow, Darjeeling; die Hochzeit einer gleichaltrigen indischen Braut, und den Besuch des Onkels Baktay.

Ervin Baktay, Marie Antoinettes jüngerer Bruder, war Indologe und Maler. Drei Jahre lang, von 1926 bis 1929, bereiste er Indien und besuchte auch die

Sher-Gils in Shimla. Als Kenner der indischen Kunst und Literatur adaptierte er das Kamasutra ins Ungarische, übersetzte ausgewählte Schriften von Gandhi und Poesien von Tagore und schrieb Bücher über die indische Philosophie und Spiritualität. Ervin, der in München bei Simon Hollósy studiert hatte, führte Amrita in die indische Kunst und in die von Hollósy mitbegründete ungarische Nagybánya-Schule und ihre Pleinairmalerei ein. Er ermunterte sie, nach der Natur zu zeichnen und die Hausangestellten zu porträtieren. Die Entscheidung, nach Paris zu gehen, um an der École des Beaux-Arts zu studieren, ist auch ihm zu verdanken.

So entstand dieses Foto eines neuen Lebensabschnittes: Amrita, Indira und ihre Mutter vor dem Hotel Splendid in Lugano. Denn man war von Bombay mit dem österreichischen Liner *The Lloyd* nach Italien gereist, um vor dem neuen Pariser Leben Venedig und Rom zu besichtigen und den Comer und den Luganer See zu sehen. Sie tragen Perlenketten, Hüte und Pelzmäntel. In Europa ist es Winter. März 1929. Amrita ist sechzehn geworden.

Großaufnahme auf einen gusseisernen Kessel auf offener Flamme, in dem *ghee* langsam schmilzt und durchsichtig wird. Eine Frauenhand streut Gewürze in die goldgelbe Flüssigkeit. Wir erkennen Nelken, Zimtstangen und Anissterne. Es fängt an zu brutzeln, zu zischen und zu knistern. Die rechte Hand rührt um, während die linke weiter Gewürze einstreut. Wir sehen mit der Köchin, wie die grünen Kardamomkapseln explodieren, die kugelrunden schwarzen Senfsamen springen, die klein gehackten Ingwerstücke sich verfärben und die roten Chilischoten sich langsam aufblähen. Wir riechen fast den Duft der Mischung, scharf und süßlich zugleich. Schließlich färbt das Kurkumapulver die ganze Mischung gelb.

In der Ferne vernehmen wir Musik, seltsame Klänge, langsam aufsteigende Töne einer Oboe, die sich bald mit dem Zischen im Kessel vermischen. Nun werden die Gewürze mit Bouillon übergossen, weißer Dampf steigt hoch, wird undurchdringlich, das Bild wird langsam unscharf und verwandelt sich in eine blassere Weihrauchwolke. Während dieser Bildfolge ist die Melodie zu einer schrillen, lang anhaltenden Klage geworden. Ein tieferes Blasinstrument kommt dazu, beginnt um einen Ton zu kreisen, hält ihn fieberhaft und lässt diese klägliche Note wieder und wieder erklingen. Die Weihrauchwolke verflüchtigt sich nach und nach. Nun greifen *tablas* den Rhythmus auf, wirbeln und pochen wie ein Herzschlag. Die Musik wird immer lauter, das Tempo immer schneller, als ob sich die Instrumente einen Wettkampf liefern würden, und durch den sich auflösenden Rauch geht das unscharfe Bild des Kochtopfes weich in ein anderes über.

Ein kleines Mädchen sitzt mit übergeschlagenen Beinen auf einem Diwan, perlweiße Seide auf dem Kopf drapiert. Rundherum sind indische Frauen in farbenprächtigen Kleidern, Gold und Silber, Rubine und Diamanten, Smaragde und Perlen. Die Steine werfen Funken im Raum, und das Babel ihrer Stimmen übertönt beinahe die Musik. Nur eine sitzt einsam und schweigend. Angst und Müdigkeit in ihren feuchten Augen. So schwarz die Augen, so schwarz die Haare. Ihre Lippen zwei Rosenblättern gleich. Ein goldener Ring ziert ihre kleine Nase und eine rote *tika* ihre Stirn. Ihre Hände und Füße sind mit Henna geschmückt. Das Mädchen ist versprochen. Mit dreizehn ist ihre Kindheit zu Ende. Hilfloses Spielzeug in den Händen reicher *ranis* und *rajahs*. Vielleicht war die letzte Ernte schlecht oder der Vater hat keine Söhne bekommen. Eine arrangierte Hochzeit als einzige Überlebenschance. Selbst *die Tränen ihrer Wangen werden nichts erlangen*. Den Bräutigam hat sie einmal gesehen, als die Ehe besiegelt wurde. Es heißt, er sei erfahren und kräftig. Er ist über fünfzig und hat schon drei Frauen.

Armes, kleines indisches Mädchen, ihrem Schicksal ausgeliefert. Trotz glücksbringendem Goldschmuck, trotz festlichem Hochzeitsessen wird sie vielleicht kaum mehr als ein Jahr leben, die Geburt ihres ersten Kindes nicht überleben oder an einem Unfall oder Verbrennungen sterben, Racheakt der Schwiegerfamilie. Bloßes Auslöschen der Lampe im Morgenlicht.

Und während das Brautpaar das heilige Feuer siebenmal umkreist, wird über der Szene die laute Ragamusik weiterspielen, aufdringlich, betäubend und schmerzend.

Totale auf ein geräumiges Atelier. Schrifteinblendung: ÉCOLE NATIONALE DES BEAUX-ARTS, PARIS, OKTOBER 1929. Staub wirbelt in den Sonnenstrahlen. Ölbilder stehen auf dem Boden, Skizzen sind an die Wand geheftet: Akte, Bildnisse, Stillleben. Die grauen Wände sind mit Farbresten und Terpentinschlieren beschmiert. Auf einem Podest bereitet sich ein dunkelhäutiges Modell auf seine Pose vor. Zwischen den Staffeleien herrscht pures Chaos; an die vierzig Studenten, junge Männer und Frauen, streiten wie Pennäler:

– ... weil Monsieur ein Bourgeois ist! – Jaja, die Freiheit führt das Volk, was? Du und deine historische Malerei! – Armer Trottel, du hast keine Ahnung vom Materialismus, lies Karl Marx, bevor du Blödsinn redest! – Bierernst, Cézanne ist nicht tot, er lebt in uns weiter – Und ich scheiße auf deinen Cézanne – In Montparnasse wird der Künstler zum Lakaien der Kultur, jawohl!

Währenddessen sehen wir, wie die Studenten ihre Sachen auspacken, angefangene Skizzen auf die Staffeleien aufspannen. Ein kräftiger junger Mann stellt sich auf den Kopf und geht auf Händen um das Atelier. Heranfahrt der Kamera, wir folgen dem Akrobaten und hören weiter aus dem Off:

– ... du Bolschewik! – Ich bin kein Bolschewik, ich bin Sozialrevolutionär – Jaja, »gebt mir einen Hebel«, und du bewegst die Welt mit einer Hand, was? – Ihr Pharisäer! – Und ich scheiße auf Ingres und Courbet – Nieder mit der Historienmalerei!

Jäh hört das Stimmengewirr auf. Die Kamera fährt zurück auf die Totale. In der Tür steht ein alter zierlicher Mann mit Brille und gepflegtem Bart, sehr elegant gekleidet, und neben ihm Amrita.

– Meine Herrschaften, hier ist, wie angekündigt, Ihre neue Kommilitonin Amrita Sher-Gil.

In der anhaltenden Stille schwenkt die Kamera von Gesicht zu Gesicht. Staunen und Begeisterung. Der Akrobat bricht als erster das Schweigen:

– Na, Boris, da hast du ja deine Odaliske!
– Du meinst wohl Tahitianerin ...
– Die wird Leben in die Bude bringen!

Lachen und Kichern. Der Professor weist Amrita einen Platz zu, zwischen dem Akrobaten und einem jungen Mann mit kariertem Hemd.

– Meine Herrschaften, jetzt aber an die Arbeit! Und vergessen Sie nicht unser Stichwort: Spontaneität!

Ein Raunen geht durch den Raum. Der Akrobat macht die Vorstellungen:

– Amblard ... Jean, und das ist unser Bolschewik, Taslitzky, Boris für die Damen.

Während die Studenten ihre Skizze des sitzenden Modells wiederaufnehmen, fixiert Amrita einen leeren Bogen Papier an die Staffelei. Boris flüstert ihr zu:

– Du wirst sehen, der alte Troglodyt, so nenne ich ihn, ist offen für alles, bei ihm kannst du machen, was du willst, sogar einen Schwanz riskieren!

– Was bedeutet das?

– Na schwänzen, blaumachen, den Kurs versäumen! Wenn die mich alle nerven, gehe ich lieber in den Louvre.

Weicher Übergang zum nächsten Bild: Alle Studenten stehen an der Staffelei. Ein anderes Modell liegt diesmal in der Pose. Amrita trägt Armringe am rechten Handgelenk, die bei jedem Kreidestrich leise klirren.
Jean apostrophiert Boris:
– Und, auf wen steht sie so, unsere Hindu-Prinzessin? Hast du ihr im Louvre deine Götter gezeigt? Delacroix, Géricault, Michelangelo?
– Du Maulheld! Für dich ist Cézanne der liebe Gott, Picasso der Christ und die moderne Kunst der Heilige Geist, aber in Wirklichkeit malst du wie Michelangelo!
Es entsteht wieder ein Stimmenchaos.
– Michelangelo ist scheiße, du Idiot!
– Ach ja? Und dein Cézanne, ein Scherz! Dass ich nicht lache!
Amritas selbstbewusster Ton schließt die Debatte:
– Cézanne ist für mich auch ein Gott, aber ich stelle Michelangelo über ihn ...
– Na bravo! Boris, mir scheint, ihr zwei habt euch richtig gefunden!
Amrita lächelt Boris an und fügt hinzu:
– Ich mag sogar Géricault, wie Boris.

Das Bild versinkt langsam ins Schwarz.
Aus dem Schwarz wird es langsam hell, und aus der Ruhe werden die Geräusche der Stadt hörbar.

Fixe Einstellung auf eine Straße, zwei junge Frauen in Frühlingskleidern fahren uns mit dem Rad entgegen und an uns vorbei; an einem langen Bretterzaun wirbt ein kleines Mädchen für Chocolat Menier und ein anderes Plakat macht Reklame für die Exposition coloniale internationale Paris 1931. Jemand hat die Ankündigung mit weißen Großbuchstaben durchgestrichen: Pour l'indépendance des colonies!

Ein junger Mann kommt leichten Schrittes heran. Wir erkennen Boris, er trägt ein weißes Hemd, abgetretene Schuhe, und seine schwarze Künstlermähne weht im Wind. Die Kamera folgt ihm in einen Innenhof, eine Treppe hoch.

Bildschnitt.

Ein Künstleratelier. Totale Einstellung. Eine Chaiselongue, ein Sessel Louis XVI, ein großer Spiegel, ein Bett, auf dem Amrita und Boris sitzen. Ölbilder stehen auf dem Boden: ein Männertorso, Frauenakte, das dunkelhäutige Modell der Beaux-Arts, Porträts, Stillleben mit Geigen oder Äpfeln und grüner Flasche. Der Tag scheint sich zu Ende zu neigen.

– Als ich ein kleiner Bub war, habe ich einmal gesehen, wie der Gendarm, der im zweiten Stock wohnte, seiner Tochter den Busen gewaschen hat. Sie standen sich gegenüber, er hat seine Uniform mit Cape und Schirmmütze getragen und sie hatte nur einen Unterrock an und hielt die Emailwanne mit Wasser am Schoß. Sie war vielleicht vierzehn; ich glaube, ich war in sie verliebt. Es war das schönste Frauenbild, das ich bis heute gesehen habe ...

– Du Dummerchen, sei nicht so schüchtern und küss mich endlich!

Ab- und Aufblende. Selbe Kameraeinstellung. Die beiden liegen nackt und schlummernd im Bett. Von draußen kommt Vogelgezwitscher und Dämmerlicht herein. Leichtes Zoom-out: Wir sehen jetzt auf der Staffelei ein unvollendetes Porträt von Boris mit dem weißen Hemd und drei roten Äpfeln in der Hand.

Auf einem Bogen Papier mit dem Briefkopf des Taj-Mahal-Hotels in Bombay kündigt Amrita ihrem Jugendfreund Amarjit Singh am 26. Februar 1929 an, dass die Familie Indien verlässt. Der Abschiedsbrief erwähnt allerdings nicht, dass sie auf dem Weg nach Bombay Delhi, Agra und Fatehpur Sikri, die frühere Hauptstadt des Mogulreichs, besichtigt haben und vor Paris noch Italien und die Schweiz erkunden wollen.

Die erste Pariser Adresse ist Avenue Saint-Philibert in Passy, aber bald wird die Rue de Bassano, unweit der Champs-Élysées, der schicke Treffpunkt für Marie Antoinettes Soireen und Bälle. Dementsprechend elegant kleiden sich Mutter und Töchter: rot lackierte Nägel, Lippenstift, Netzstrümpfe und Pelzkragen mit Fuchskopf, während der Vater, der Vorlesungen an der Sorbonne hält, wo er mit Henri Bergson und dem Indologen Sylvain Lévy verkehrt, immer mehr wie eine Mischung aus dem alten Tolstoi und einem hinduistischen Eremiten aussieht. Beim Anblick der Fotos dieser Pariser Jahre, wo Umrao Sher-Gil bloß mit einem weißen Lendenschurz »vor dem zweiwöchigen Fasten« oder »nach dem zweiwöchigen Fasten« posiert, wird man unweigerlich an Gandhi erinnert, der übrigens in jungen Jahren ebenfalls von den Werken des russischen Schriftstellers beeinflusst wurde. Später standen beide Friedensanhänger in Briefverkehr, und Tolstoi bestärkte Gandhi in seinem Kampf um die

Unabhängigkeit Indiens. Umraos Lebensstil ist also zweifelsohne als politisches Statement zu verstehen.

Das Paris der Dreißigerjahre ist nicht nur das glamouröse Leben im Salon der Marie Antoinette Sher-Gil und der strahlende Glanz der *Ville Lumière*, der so viele Reisende aus aller Welt angezogen hat, sondern auch einer der Schauplätze der Weltwirtschaftskrise, die unzählige Arbeitslose verursachen sollte. Und die fröhlichen und frivolen bis schamlosen Chansontexte eines Charles Trenet oder einer Suzy Solidor sind für viele nur eine blasse Tünche, hinter der sich ein allzu trauriger Alltag verbirgt.

In Montparnasse und im Quartier Latin ist das Leben schwer für die Künstler, besonders für die ausländischen Studenten, die keine Familie zur Unterstützung haben. Es wird von einem Kommilitonen berichtet, David Wittman, einem ungarischen Juden, der wörtlich am Verhungern war, hätten ihn nicht Amrita und Indira mit Nahrung versorgt. In der Académie de la Grande Chaumière, wo Amrita nach der Ankunft in Paris im Frühjahr 1929 die Klasse von Professor Pierre Vaillant besucht, schlafen sogar manche Studenten gelegentlich im Atelier. Dabei assoziiert man renommierte Künstler mit der Académie: Delacroix, Gauguin, Modigliani, Manet, Cézanne oder Picasso.

Im Oktober desselben Jahres wechselt Amrita zur École Nationale des Beaux-Arts, zur Klasse von Lucien Simon. Dort lernt sie Marie-Louise Chassany kennen, mit der sie sich bald ein Atelier in Montparnasse,

72 Rue Notre-Dame-des-Champs, teilen wird und der man eine lesbische Beziehung zu ihr nachsagt. Die Liste der weiteren Mitschüler liest sich heute wie das Who's who der Pariser Avantgarde: Robert Humblot, Henri Jannot und Georges Rohner, die nach Amritas Rückkehr nach Indien die Künstlergruppe Forces Nouvelles bilden werden, Boris Taslitzky, Denise Proutaux, Edith Basch, eine ungarische Studentin, die Amrita auch im Sommer in Ungarn trifft, und noch Jean Amblard, Henri Boris, Marie-Yvonne Meheut, Jacques Despierre oder Albert Rémy. Man posiert füreinander, man geht gemeinsam in den Louvre die alten Meister bewundern oder in die Orangerie nach neuen Vorbildern suchen, man stellt in der Galerie Carmine, im Salon des Artistes Indépendants oder im Salon des Tuileries aus. Man teilt sich die Ausstellung im Théâtre Pigalle mit dem indischen Nationaldichter und Nobelpreisträger Rabindranath Tagore. Man nimmt die Metro um acht in der Früh, um sich im Bois de Vincennes den ganzen Vormittag der Pleinairmalerei zu widmen.

Aus jener Zeit stammen der Blick auf die Seine vom Dach der Kathedrale Notre-Dame und die drei *Pleinairmaler* vor der Staffelei sowie ergreifend schöne, plastische, ausdrucksvolle Porträts. Amrita experimentiert mit Farbe, und das Rot wird zu ihrem Markenzeichen: im Inkarnat der Frauenakte, in den Äpfeln der Stillleben im *Young Man with Apples*, in den Lippen der Selbstbildnisse, in den Wangen der Mutter, in den Dächern der ungarischen Dörfer und den Kleidern der Frauen. Ihr Porträt von Boris auf feuerrotem Hintergrund aus dem Jahr 1930 wird mit einem Preis der École des Beaux-Arts ausgezeichnet, und das Bild *Young Girls*, für das Indira und Denise Proutaux auf weinrotem Teppich posiert haben, bekommt 1933 die Goldmedaille des Grand Salon.

In ihren Bildern ist der Einfluss verschiedener Meister und Schulen noch spürbar: Géricault in *Adam and Eve*, Cézanne in den Stillleben, die frühen Impressionisten in *Girls in Conversation*, Gauguin und wahrscheinlich die Poesie Baudelaires in *Self-Portrait as a Tahitian*. Ihr *Portrait of a Parisian Lady* erweist sich als die perfekte Kopie der *Modiste* von Toulouse-Lautrec aus dem Jahr 1900, und ihre Selbstbildnisse an der Staffelei erinnern durch die unterbrochene Geste, die lebendige Kopfdrehung und den friedlosen Blick unweigerlich an Michelangelos *Delphische Sibylle.*

Jedoch dürfte die Konfrontation mit aufkommenden Kunstrichtungen oder den sozialistischen Ideen vieler ihrer Kommilitonen Spuren hinterlassen haben. Allen voran Boris Taslitzky, der sie durch seine Familiengeschichte als Sohn russischer Einwanderer und sein Interesse für den Kommunismus beeinflusst haben mag. Als sie sich im Atelier von Lucien Simon kennenlernen, ist Amrita siebzehn, und der neunzehnjährige Boris verliebt sich unsterblich in sie. In seinen Memoiren erzählt er, dass sie ohnehin alle, Männer wie Frauen, in ihren Bann gezogen hat. Oft habe ich mir vorgestellt, wie das junge Pärchen an den Quais entlangschlendert, die Passerelle des Arts überquert, wie sie ihren Blick über die Île Saint-Louis und Notre-Dame schweifen lassen, oder wie Boris, von Amrita begleitet, die indischen Miniaturen und die himmlischen Khmer-Tänzerinnen des Musée Guimet entdeckt.

Eine größere Kluft als zwischen den beiden Liebenden kann man sich allerdings nicht vorstellen. Boris lebt mit seiner Mutter in ärmlichen Verhältnissen und interessiert sich mehr für den Klassenkampf und die revolutionären Ideen – weswegen er in seiner Kunst eine Nachahmung der sichtbaren Wirklichkeit anstrebt – als für den Ausdruck von Gefühlen und Gedanken auf der Leinwand und die allgegenwärtige Debatte um die Abstraktion.

Er wird jedoch zu den Soireen von Marie Antoinette eingeladen, die die Beziehung zwar nicht goutiert und sie als Marotte ihrer Künstlertochter betrachtet, sich aber amüsiert über die Anwesenheit des hitzköpfigen Gassenjungen inmitten der feinen Gesellschaft ungarischer Sänger, rumänischer Bildhauer, italienischer Schriftsteller, Adeliger und Botschafter.

Jenseits dieser Fassade beginnt das Familienglück zu bröckeln. Die Mutter bekommt erste Depressionsanfälle und geht auf Kur nach Wiesbaden. Sie schreibt Amrita Briefe, in denen sie ihr ihre Geldsorgen anvertraut. Die finanziellen Nöte und die Krankheit der Mutter erweisen sich auch für Indira als erdrückend. Ist das der Grund dafür, dass Marie Antoinette so darauf dringt, ihre Töchter zu verheiraten?

Yusuf Ali Khan, Sohn einer reichen adligen Familie, der sich gerade in Paris aufhält, bietet die erste Gelegenheit. Unter Druck gesetzt gibt Amrita nach und stimmt einer Verlobung zu. Außerdem ist sie der Meinung – und das schreibt sie auch in einem Brief an die Mutter –, »dass es unmöglich ist, die Sexualität völlig in Kunst umzuwandeln, zu sublimieren, sie ein ganzes Leben lang allein durch Kunst auszuleben«. Dies sei ein Aberglaube dummer Menschen. Kurz darauf stellt sich heraus, dass Amrita vom Schürzenjäger Yusuf nicht nur schwanger ist, sondern auch mit Syphilis angesteckt wurde.

Das ist der Moment in unserer Geschichte, wo Victor Egan in Szene tritt. Victor ist Amritas Cousin mütterlicherseits, mit dem sie seit der Kindheit in Ungarn eng verbunden ist. Victor, das ist das Baden in der Donau in Dunaharaszti, das Versteckenspielen im Wald und das Klettern auf den Kastanienbaum vor dem alten Familienhaus. Im ersten Sommer nach der Rückkehr aus Indien haben Amrita und Victor eine Affäre im ungarischen Familienhaus. Von da an schreibt sie ihm detaillierte Briefe über ihr Pariser Leben; Briefe, in denen sie ihm alles anvertraut, ihre Fortschritte, ihre Bekanntschaften, ihre Liebschaften; Briefe, die die Mutter nach Amritas Tod mit denen von Boris, Edith und Marie-Louise verbrannt haben soll. Die Sommer 1929 bis 1934 verbringen Indira und sie in Ungarn gemeinsam mit den Cousins, in Budapest oder auf dem Land, in Zebegény, bei der jüngsten Schwester der Mutter,

Ella, wo auch der Onkel Ervin Baktay ein Indianerlager als Künstlerkolonie errichtet hat. Der Wilde Westen war damals in Mode, nicht zuletzt durch die Literatur – man denke an Fenimore Cooper, Karl May oder die als Groschenhefte erschienenen Wildwestromane –, und Ervins Bruder Raoul Gottesmann, der Journalist war, hatte Kostüme von einer Amerikareise mitgebracht. Aber die Idee, ein Indianerlager an den Ufern der Donau zu rekonstruieren, kam Ervin, als er anlässlich seiner Indienreise den ungarischen Archäologen Aurel Stein besuchte, der in Mohand Marg, in den abgeschiedenen Bergen Kaschmirs, ein Zeltlager errichtet hatte.

Trotz ihrer zahlreichen Pariser Affären bleibt Victor Amrita treu und, da er Medizin studiert, hilft er ihr immer wieder aus der Not, wenn sie schwanger wird. Wie viele Abtreibungen er durchgeführt hat, ist ungewiss. Wie viele vor Yusuf? Wie viele danach? Wurde sie auch von Victor schwanger? Stand das alles in den verbrannten Briefen? Victor ist es auch zu verdanken, dass sie im Sommer 1932 von einem Budapester Arzt namens Toth gegen die Syphilis behandelt werden konnte. Auch diese Fragen werden unbeantwortet bleiben: Starb sie achtundzwanzigjährig in der Nacht vom 5. Dezember 1941 an den Folgen der Krankheit oder gar an einer weiteren, misslungenen Abtreibung? Beruhte Amritas Liebe zu Victor ausschließlich auf Dankbarkeit und Freundschaft?

Amritas ungarische Briefe an die Eltern oder an ihre Freundin Denise Proutaux strahlen jedenfalls Lebensglück und Sinnlichkeit aus. Sie badet und bräunt sich, unternimmt Wanderungen und Kanuausflüge mit Indira und Freunden, sie liest und malt viel. Es entstehen Dorfszenen, Landschaften und Porträts der Mitglieder des *fahrenden Volkes*, der Roma: *Children on Zebegény Hillside, Hungarian Gypsy Girl, Gypsy Girl from Zebegény, Gypsy Woman Wearing Shawl*.

Diese langen Sommeraufenthalte bieten ihr auch die Möglichkeit, kulturelle Ausflüge nach Budapest zu machen. Sie geht zu Lesungen und macht die Bekanntschaft von Schriftstellern wie Dezső Szabó und Frigyes Karinthy. Und im Februar 1934 schreibt sie ihrem Vater, dass sie zwei Sammlungen europäischer Meister gesehen hat, die den wenigsten zugänglich sind: Meisterwerke von Tiepolo, Renoir, El Greco, Gauguin, Degas, Courbet, Titian, Goya, Tintoretto, Corot und Courbet. Und heute weiß man mit Sicherheit, dass das wohl berühmteste, ja anrüchigste Werk Courbets damals dabei war: *L'Origine du monde*! Diese Entdeckungen wurden durch Amritas Freundin Edith Lang möglich gemacht, die mit den zwei Kunstsammlern, dem Baron Mór Lipót Herzog und dem Baron Ferenc Hatvany, befreundet war.

Wer aber war Edith Lang? Es ist kein einziges Foto, kein einziger Brief erhalten. Bekannt ist, dass sie sich bis 1939 geschrieben haben. Die sechs Jahre ältere Pianistin war die Klavierlehrerin Indiras, und ihr jüngerer Bruder studierte Medizin mit Victor in Budapest. Edith, die auch aus Ungarn stammte, verbrachte oft die Sommermonate dort und traf sich mit Amrita. Sie bewunderte die junge Malerin, welche wiederum sie als Musikerin verehrte. Zeitgenossen erinnern sich, dass ihre Beziehung voll Zärtlichkeit, Ernsthaftigkeit, und tiefer Liebe gewesen sei. Manche meinen, dass Edith unsterblich in Amrita verliebt war. Andere, dass Edith Amritas größte Liebe gewesen ist.

Eine Wiese am Forstrand. Im Hintergrund ein weißer Kirchturm. Am Saum des Waldes ein Planwagen und zwei Zelte. Dazwischen zwei grasende Pferde und ein paar Hühner. Eine Frau sitzt auf einem Schemel im Schatten eines Baumes. Sie trägt ein rotes Kopftuch und bunte Kleidung. Ihre Bluse ist offen und enthüllt den Ansatz ihres Busens. Auf ihrem Schoß, in den Falten ihres Rockes liegt ein gepucktes Baby. Es schläft. Die junge Mutter spinnt in einer raschen und geschmeidigen Geste Wolle mit einer Handspindel und summt dabei eine wehmütige Melodie, die bald von Kinderstimmen überdeckt wird.

Die Kamera schwenkt nach links in Richtung der Kinderstimmen. Wir sehen einen kleinen Buben, der eine Ziege an der Leine führt; zwei kleine blonde Mädchen sitzen in der Wiese neben einem größeren Mädchen, vielleicht zwölf, das mit aufgestelltem Kopf auf dem Bauch liegt und auf einem Grashalm kaut. Ihr Rock und ihre ärmellose Bluse sind orange, gelb und violett moiriert. Ein langer schwarzer Zopf reicht ihr bis zu den Hüften. Ihre Haut ist honigbraun, der Schmollmund kindlich, und die Brauen über ihren dunklen Augen sind wie Vogelflügel gebogen. Neben ihr ein leerer Flechtkorb.

Die ganze Szene ist vom hochsommerlichen Licht durchflutet. Alles erscheint luftig und leicht. Die Konturen des liegenden Mädchens heben sich von dem grünen, mit weißen Blümchen gesprenkelten Hintergrund ab, von Tausenden von Grünklängen, schillernden Farbnuancen, vibrierenden Tupfen und schimmernden Strichen in Türkis und Opal, Gelboliv und Smaragd. Wir versinken beinahe im Duft der Erde und im süßen Geruch der Wiesenblumen.

Der kleine Bub stellt sich neben das liegende Mädchen und dreht sich zur Kamera. Der etwa Fünfjährige hat kurz geschorene pechschwarze Haare und schaut schelmisch und frech:

– *Džanes romanes?*

Das liegende Mädchen lacht laut auf, während der Bub redet und redet:

– *Sar bušos? Me bušav Milosch! Katar aves?*

Währenddessen fährt die Kamera zurück, und wir entdecken Amrita an der Staffelei, die die Liegende und das Gräsermeer auf Leinwand malt.

– Was sagt dein Bruder?

– Er fragt, ob du unsere Sprache sprichst, weil du wie eine von uns aussiehst! Ich habe ihm gesagt, dass du eine *Gadži* bist, aber er glaubt mir nicht! Und er fragt, ob du ihm auch einen *Pengő* gibst, wenn du ihn malst!

– Sag ihm, dass man dafür lange stillsitzen oder stehen muss!

Aber der Lausbub hat sich mit seiner Ziege schon längst aus dem Staub gemacht.

Stille, nur das Babbeln und Kichern der zwei kleinen Mädchen ist zu hören, die aber bald aufstehen und unser Blickfeld verlassen. Amrita malt die letzten Pinselstriche. Weißhöhungen auf der Wiese und im

Inkarnat der Lippen. Das Modell fängt zu singen an und schnalzt dabei rhythmisch mit den Fingern:

– *Amen sama but Roma – Kaj phirasa ped Roma – Pala mange but Roma – Si ma romnji phurani – Palaj mange voi terni – Palaj mange naj prvi ...*

– Es ist schön, was du da singst, was bedeutet das?

– Es ist ein Lied über uns, die Roma, es sagt »Die guten Menschen sind auf den Straßen unterwegs, und ...«

Sie wird vom kleinen Bruder unterbrochen, der im Vorbeigehen, diesmal ohne Ziege, das Lied aufgegriffen hat und weitersingt:

– *Si ma romnji phurani – Palaj mange voi terni – Palaj mange naj prvi ...*

Das Mädchen lacht erneut:

– Er singt: »Ich habe eine alte Frau, aber für mich ist sie die Schönste und die Jüngste!«

Amrita lacht auch über den lebhaften Bengel.

– Das Lied singen wir immer auf Festen und Hochzeiten. *Papo*, ich meine Großvater, spielt die Bratsche und mein Vater die Klarinette. Die Leute tanzen gerne dazu, und weißt du, wir spielen auch für die *Gadže*, und wenn du willst, können wir auch bei deiner Hochzeit singen, wenn du den *Gadžo* heiratest, der dich immer begleitet, wie heißt er noch?

– Victor. Aber Kalia, ich will noch nicht heiraten, ich bin zu jung dafür, ich bin erst neunzehn ...

– Na und? Meine Mutter war viel jünger! Und da hat sie mich gleich bekommen, dann kam mein anderer Bruder, den du nicht kennst, weil er mit Vater

Geschäfte macht, sie sind manchmal viele Tage weg, dann erst Milosch ... das heißt, nein, dazwischen ist ein Baby gestorben, dann Lali und Anna, die Zwillinge sind, und jetzt das Baby.

– Wie heißt es denn?

– Eigentlich Lazlo, wie unser Papo, aber wir nennen es Booba ... Du, sag, wenn du mit dem Bild fertig bist, machst du noch eins von mir? Für zwei Pengő würde ich auch nackt für dich posieren, aber heute muss ich bald Schluss machen, ich muss noch Obst pflücken gehen, bevor es dunkel wird.

Vom Forstrain kommt uns ein junger schlanker Mann entgegen. Wir sehen zum ersten Mal den erwachsenen Victor. Er trägt eine weiße Leinenhose und ein kurzärmliges Hemd. Amrita umarmt das Romamädchen und sagt zum Abschied:

– Kalia, Kleine, vielleicht hast du recht mit dem *Gadžo* ...

Vorsichtig nimmt sie die Leinwand von der Staffelei. Victor klappt Feldstaffelei und Malhocker zusammen und steckt sie sich unter den Arm, den Malkoffer nimmt er in die linke Hand, die rechte streckt er dem Mädchen entgegen. Amrita fügt hinzu:

– ... aber nicht mehr in diesem Sommer, vielleicht nächstes Jahr!

– Nächstes Jahr? Wir sind nächstes Jahr sicher nicht mehr hier, weißt du, wir ziehen immer weiter, wir reisen durch das Land, von Stadt zu Stadt, wie die Bienen von Blume zu Blume!

Kalia hebt ihren Korb auf, winkt Amrita und Victor ein letztes Mal zu und verschwindet aus unserem Blickfeld. Im Off können wir sie noch hören:
– Also bis morgen!
Und ihre singende Stimme verliert sich im Grün der Sommerwiese:
– *Amen sama but Roma – Kaj phirasa ped Roma – Pala mange but Roma ...*

Dunaharaszti. Ein Name, sanft wie seine Landschaft. Wie gehaucht. *Dunaharaszti,* der Ort liegt an einem Ausläufer der Donau, friedlich und grün. Hier spielt sich die Szene ab. Es ist fast ein Standbild, ein Tableau vivant, eine Szene wie ein Gemälde, eine *scène de genre.* Halbtotale auf die Flusslandschaft. Trauerweiden und Pappeln rascheln leicht im Sommerwind. Hohe Gräser und Schilf tanzen in der Brise. Im Sonnenlicht schimmern die Libellenflügel in Regenbogenfarben. Am Ufer des Flusses steht eine Wäscherin bis zu den Knöcheln im Wasser. Sie trägt ein weißes Kopftuch und einen Bauernkittel. Daneben baden zwei nackte kleine Mädchen, etwa fünf- oder sechsjährig. Wir erkennen Amrita. Das andere Mädchen ist blond. Die Kinder plätschern und lachen.

Im Voice-over fängt die Kinderstimme Amritas zu erzählen an: *Es war einmal ein Baum ... nein, es war einmal an den Ufern der kleinen Donau, wo tausend Blumen blühen und ein Regenbogenbaum wächst, da lebte früher ein ungarisches Mädchen mit rosigen Backen und blauen Augen. Und ihre schwarzen Haare waren so lang ...,* sie zögert, sodass wir merken, dass sie die Geschichte nach und nach erfindet, *dass sie bis zum Boden reichten. Eines Tages kam sie zum Ufer mit einem Glaskrug, den sie mit kristallklarem Wasser füllte.*

Ein kleiner Junge erscheint im Bild. Ein wenig älter als die zwei Mädchen. Er trägt eine wollene Badehose und hat sich einen aus Schilfblüten und Blättern gebastelten Indianerschmuck um die Stirn gebunden.

– Amri, schau! Der Victor hat sich als Inder verkleidet!

– Neeein, als Indianer, erwidert Amrita, die leben in Amerika und ihre Frauen heißen Squaws, nicht wahr Victor?

– Darf ich deine Squaw sein?, fragt das blonde Mädchen.

– Nein, Squaws haben schwarze Haare, und außerdem bist du meine Schwester, du kannst nicht meine Frau sein. Amri wird meine Squaw. Und später werde ich sie auch heiraten.

Die Erzählstimme der kleinen Amrita fährt fort, während die Kinder im Wasser spielen: *Es war so heiß, die Erde so aufgewärmt, das Silberwasser des Flusses so glänzend in den Sonnenstrahlen, dass sie ihren glühenden Körper im Wasser erfrischen wollte. Sie zog sich aus und sprang ins Wasser.*

– Schau, Viola, meine Mucika kommt auch baden!, ruft plötzlich Amrita.

Marie Antoinette trägt das Badekostüm der Zwanziger mit Badehaube und legt sich in das seichte Wasser zu den Kindern. Die Mädchen spritzen sie an. Victor schlängelt sich durch das Schilfgras, als würde er auf eine Beute lauern.

Als sie aus dem Wasser kam, ging die Sonne bereits unter und ihre purpurroten Strahlen färbten den Schaum golden. Die Plansequenz hört hier auf, und die Kamera beginnt langsam zum Ufer zu schwenken, während die Stimme des Mädchens die Geschichte zu Ende erzählt: *Und als sie nach Hause kam, legte sie sich in ihre kühlen weißen Laken und träumte von einer Reise in die große weite Welt, bis zum Palast eines persischen Königs.*

Der Kamerablick richtet sich auf den Sandstrand, wo nun die zwanzigjährige Amrita im Badeanzug liegt. Heranfahrt an ihr Gesicht. Die Kamera kippt in die vertikale Aufsicht. Was wir sehen, ähnelt den Pariser Selbstporträts der siebzehnjährigen Malerin, eine Mischung aus Selbstsicherheit und Verwundbarkeit: Sie schaut verträumt in den Himmel und lächelt. Ihre Augen glänzen im Abendlicht. Ihre Haut ist von der Sonne verbrannt, dunkler denn je, fast schwarz, mit bläulichem Schimmer; ihre Haare, zu zwei Zöpfen geknüpft, liegen nass auf ihrer Brust.

– Du bist so braun!, sagt eine nahe Frauenstimme im Off. Kein Wunder, dass dich die Dörfler hier *die schwarze Perle des Maharadschas* nennen!

Amrita lacht, dreht kurz den Kopf nach rechts und schaut wieder zur Kamera:

– *Ich kam von den Ufern des Ganges,*
Wo ich in der Mittagsglut döste.
Amrita hält inne.
Die Frauenstimme fragt:
– Wieder ein Gedicht von Ady, nehme ich an?
– Ja, aber ich kann es nicht auswendig.

Eine Frauenhand streift ihr eine nasse Haarsträhne aus dem Gesicht. Sie wandert ganz sanft über ihre Wange und ihren Mund. Amrita atmet tiefer und schließt die Augen.

– Am Ende geht es ungefähr so: *Wüste, Lärm, grobe Hände, wilde Küsse* – beide lachen – *Was suche ich am Ufer der Theiß?*

Amrita macht die Augen wieder auf und dreht den Kopf zu ihrer Nachbarin.

– Unglaublich, was? Als hätte ich dieses Gedicht geschrieben.

Zwei Männerfüße in bestickten Wildledermokassins treten ins Bild am Kopfe Amritas. Der Mann wirft einen Schatten auf ihr Profil. Sie schaut zu ihm hoch. Aus dem Off hören wir seine Stimme in ernstem Ton sagen:

– Wenn der Mond die Sonne zum zweiten Mal besiegt hat, dann begrabet mein Herz an der Biegung des Flusses.

– Du und deine Indianersprüche!, lacht ihm Amrita entgegen.

Aus der Ferne hören wir eine andere Frauenstimme rufen:

– Sie kommen!

Amrita setzt sich auf, und die Kamera zeigt mit einem Rückwärtszoom eine unwahrscheinliche Szene. Schauplatz: ein indianisches Zeltlager auf einer Flussinsel; große weiße Tipis mit aufgemalten Bisons, und außer Amrita und ihrer Freundin, die einen schlichten Badeanzug tragen, sind alle Anwesenden als Indianer verkleidet: Indira trägt ein Raulederkleid und ein Stirnband mit einer einzigen Feder, aber zwei der Männer haben einen Häuptlingsschmuck auf dem Kopf, einen aufgestellten Kranz aus schwarzen und weißen Federn, der bis tief in den Rücken reicht. Im Hintergrund nähern sich zwei Kanus dem Ufer. Wieder eine seltsame Erscheinung: Aus einem Kanu steigt ein junger Mann im Anzug nach europäischer Mode, aber mit Bart und Turban nach indischer Art. Alle versammeln sich um Amrita, die den Neuankömmling vorstellt:

– Onkel Baktay, das ist Amarjit Singh. Amarjit, mein Onkel, Aaron und mein Cousin Victor, die drei großen Häuptlinge! Und das ist meine Freundin Edith, die Klavierspielerin, von der ich dir so viel erzählt habe.

– Amri, wir müssen für deinen Freund eine Feder für seine Weihung zum Indianer holen, sagt Victor.

– Du wirst doch nicht verlangen, dass er seinen Turban abnimmt?

Edith pariert schnell:

– Wie sagte Beethoven, als sich Napoléon wunderte, dass er den Hut vor ihm nicht abnehmen wollte? *Majesté*, Kaiser wird es noch Tausende geben. Beethoven gibt's nur einen.

Indira fügt hinzu:

– Es war zwar nicht Napoléon, sondern Fürst Lichnowsky, aber es kommt auf dasselbe heraus. Victor, im Ernst, du kannst von Amarjit nicht erwarten, dass er unsere Sitten annimmt, er wird auch keinen Alkohol trinken, schau, Amri trinkt keinen Whisky oder Rum und raucht auch das Kalumet nicht.

– Ja, aber Amri macht es wett, indem sie Berge von Maronicreme mit Schlagobers isst!

Das Gespräch endet in einem fröhlichen Gelächter, das sich im Wind verliert.

Bildschnitt.
Selber Schauplatz, ein wenig später. Die Sonne geht hinter der Baumkrone unter. Die Freunde haben sich alle um ein Lagerfeuer versammelt. Noch ist es hell, und die Szene ist in ein goldenes Licht getaucht. Amrita trägt nun ein Indianerkleid mit Fransen und einen Kopfschmuck wie ihre Schwester. Sie sitzt unweit des Feuers auf einer Decke, an Victors Schulter gelehnt.
– Du sollst wirklich auf dich aufpassen, Amri, du weißt, Yusuf hat dir ein übles Geschenk beschert. Und du weißt auch, was dich erwartet, wenn du die Krankheit nicht in den Griff bekommst: die Zerstörung des Nervensystems, der Knochenstruktur, der inneren Organe ...
– Aber Victor, Doktor Toth ist bei der letzten Untersuchung zuversichtlich gewesen ...
– Amri, selbst die Behandlung kann Vergiftungen verursachen ...
– Ja, ich weiß, aber ich hätte nichts gegen den Ausfall meiner Körperbehaarung!
– Und der Zähne? Im Ernst, Amri, besser wäre, du würdest deinen Appetit auf Sex zügeln!
– Victor, wie oft hatten wir dieses Gespräch, verstehe mich, man kann die Sexualität nicht durch Kunst sublimieren, nur dumme Menschen glauben das, ich kann meine höchstens kanalisieren, in Paris habe ich

so viel gelernt, ich zeichne besser denn je, aber ohne Feuer, glaube ich wirklich, dass es unmöglich ist, Großes zu schaffen, wie soll ich sagen ... in nüchternem Zustand! Ich jedenfalls kann nur malen, wenn ich von starken Gefühlen bewegt bin.

– Du brauchst deswegen nicht gleich mit allen ins Bett zu gehen. Auch die Abtreibungen können auf Dauer gravierende Folgen haben.

– Tja, das sind auch die Nachteile eines sexuellen Verhältnisses mit einem Mann ...

– Ich verstehe ... Edith scheint übrigens sehr in dich verliebt zu sein ...

– Schluss mit diesem Gespräch, lass mich lieber von deinem Whisky kosten.

– Du solltest wirklich auf dich aufpassen, Amri, ich werde nicht immer da sein. Das heißt, doch, wenn du das willst, wenn du mich brauchst. Ich würde dir sogar nach Indien folgen, das weißt du ...

Victor wird von Indira unterbrochen:

– Kommt alle, Edith macht ein Foto von uns!

Eine kleine Gruppe von Freunden versammelt sich lachend zu einer witzigen Komposition auf der Decke um Victor und Amrita: Der Onkel posiert als stolzer Häuptling mit nacktem Oberköper, Amarjit hat sich hinter Amrita hingekniet und hält schüchtern ihre Schultern, und Indira, barfuß, in ihrer Tunika, nimmt im Profil eine theatralische Stellung ein, einer griechischen Heldin gleich, die Arme wie zur Bekrönung über den Kopf. Im Hintergrund die Donauhügel und der ruhige Fluss. Das Wasser kräuselt sich im Septemberwind. Schnappschuss. Das Bild erstarrt zu einer schwarz-weißen Aufnahme. *Zebegény, September 1934.*

Kamera auf Totale: Wir erkennen sofort den indischen Salon des Filmbeginns. Das Nachmittagslicht sickert warm durch die zugezogenen Vorhänge. Marie Antoinette sitzt noch immer zusammengesunken im Sessel. Offensichtlich ist Zeit vergangen. Es scheint, als hätte sie geschlafen. Geweint und geschlafen. Das Gesicht zerknittert, die Haare zerzaust, die Augen gerötet. Der Diener in indischen Gewändern kommt leise ins Bild. Die Tür hinter ihm ist offen geblieben. Er bückt sich über das Tablett, und während er das Geschirr geräuschlos abräumt, vernehmen wir Stimmen im Flur. Drei weißbärtige Männer gehen an der Tür vorbei. Vielleicht können wir sogar Satzbrocken verstehen, die auf ein Gespräch über die politische Lage des Landes hinweisen. 1948, es ist das Jahr des Krieges mit Pakistan um Kaschmir, ein Jahr nach der Teilung der britischen Kolonie in zwei Staaten. Lahore, die Stadt am Ufer des Flusses Ravi, in der Amrita gezeugt wurde und gestorben ist, ist nicht mehr indisch, der Ort der Trauer liegt jetzt jenseits der Grenze.

Mit der folgenden Kameraeinstellung hat man rechts und links von der nun geschlossenen Tür sowohl das Ölbild mit dem leuchtenden Terrakotta-Elefanten im Blick als auch das Porträt von Boris mit hochgekrempelten Ärmeln: Auf dem feuerroten Hintergrund zeichnet sich das Weiß seines Hemdes scharf ab und verleiht dem Gesicht Lebenskraft und

Sinnlichkeit. Marie Antoinette blickt aber ins Leere und wirkt abwesend. Von draußen erreicht uns das unaufhörliche Rauschen des tropischen Regens. In unserem Film würde sie jetzt mit äußerster Anstrengung aufstehen, zum Schreibtisch gehen und anfangen, die Schubladen zu durchsuchen. In der oberen Schublade würden wir eine schwarze Pistole erkennen. Aus einer anderen würde sie ein Bündel Briefe herausholen. Sie würde mit zittrigen Händen einen Brief nehmen und entfalten. Unser Blick würde auf dem blassblauen Briefpapier und der runden Handschrift verweilen, während Amritas Erzählstimme sprechen würde: *Wie konntest du nur diese Hochzeit für Oktober versprechen? Ich allein werde entscheiden, ob ich Yusuf heirate oder nicht. Yusuf liebt nämlich Frauen sehr, auf der Straße dreht er sich nach allen schönen Pariserinnen um. Sogar Cousine Viola macht er schon den Hof. Und stell dir vor, in welcher Situation ich wäre, wenn er als Mohammedaner eine zweite Frau heiraten wollte?*

Marie Antoinette lässt den Brief auf den Boden fallen und greift eifrig nach einem zweiten. Die Erzählstimme fährt fort:

Ich mache Fortschritte. Ich habe ein Porträt von Indu, einen weiblichen Akt und ein Selbstbildnis in russischer Bauerntracht gemalt. Ich arbeite im Atelier, und während der Pausen schaue ich aus dem Fenster und denke über meine Zukunft nach. Ich habe beschlossen, dass ich diesen Weg weitergehen möchte, der mich zu meinem ersehnten Ziel führt. Das Malen ist für mich endgültig die wahre Erfüllung, ja die wahre Berufung, die einzige. Dessen werde ich mir immer bewusster. Und auch der Tatsache, dass das Heiraten nichts für mich ist. Ich bin für die Kunst geboren.

Die Kamera schwenkt und zeigt, wie das Gesicht der Mutter nach und nach in Trauer verfällt.

Außer was die Kunst betrifft, bin ich mir aber in allem unsicher, in intellektuellen, in sinnlichen wie in moralischen Fragen. Ich akzeptiere keine Moralwerte und Allgemeingültigkeiten. Ich bestreite nicht, dass Zucker süß und Salz salzig ist, aber Zucker ist deswegen nicht besser als Salz. So möchte ich meine Jugend und meine Schönheit in vollen Zügen ausleben, denn sie verweilen nur kurze Zeit.

Bildschnitt zur Seine und zur Île de la Cité. Über den Baumkronen des Square du Vert-Galant ahnen wir nur die Turmspitze von Notre-Dame. Dazu natürlich Akkordeonmusik, ein Lieblingsrefrain aus der Zeit, heiter und wehmütig zugleich. Es ist, als ob wir selbst im Schritt zur Melodie den Fluss über den Pont des Arts überqueren würden. Die Kamera führt uns dann an den Quais entlang bis zum Boulevard Saint-Michel. Zoom zur Terrasse eines Cafés mit der Aufschrift BUFFET – SPÉCIALITÉS – BREAKFAST. Amrita sitzt an einem Bistrotisch und führt ein reges Gespräch mit jungen Pfeife rauchenden Männern, die an ihren Lippen hängen. Ihr Profil strahlt Süße und Herbheit aus, und ihre grazilen Handbewegungen beim Reden erinnern an die anmutigen Gesten der kambodschanischen Tänzerinnen Rodins: einer Rose von Jericho gleich, *tanzende Finger, entzückt und glücklich, fleurs humaines.*

Paris. Amritas Atelier. Morgen.
Totale-Einstellung. Ölbilder von Amrita, Boris und Marie-Louise stehen nun auf dem Boden: Porträts und Selbstbildnisse, Pariser Landschaften und ungarische Dörfer, Akte und Stillleben. Amrita steht an der Staffelei. Sie trägt einen schwarzen wallenden Malkittel; am Handgelenk bunte Perlenketten, die bei jeder Bewegung leise klirren. Sonst ist Stille. Die Morgensonne durchflutet das Zimmer. Auf der Chaiselongue liegt eine junge Frau, auf die Ellbogen gestützt, und liest aus einem Buch. Sie ist nackt. Ihre Haut ist sehr hell. Sie sagt:

– Hör dir das an, es ist für dich geschrieben:
Tes pieds sont aussi fins que tes mains, et ta hanche
Est large à faire envie à la plus belle blanche
À l'artiste pensif ton corps est doux et cher
Tes grands yeux de velours sont plus noirs que ta chair

Sie hält inne, dann:
– Wir lernen es jetzt auswendig, komm, wiederhol nach mir: *Tes pieds sont aussi fins que tes mains ...*

Amrita sagt sanft:
– Marie, lass mich arbeiten und hör auf, dich zu bewegen.

Sie hat einen leichten, sehr sanften Akzent.

Das Mädchen sagt weiter auf:
– *... et ta hanche est large à faire envie à la plus belle blanche ...*

Sie kichert dabei schelmisch und wiederholt:
– ... *à faire envie!*
Dann vor sich hin, nur noch flüsternd:
– ... *À l'artiste pensif ton corps est doux et cher ...*

Großeinstellung auf Amritas Hand und den Pinsel. Während die Kamera den Frauenkörper auf der Leinwand entlanggleitet, spricht Marie aus dem Off weiter:
– ... *À l'artiste pensif ton corps est doux et cher ...*
Aus Amritas Blick: Marie streckt sich nach einer Cognacflasche auf einem kleinen Tisch, dabei rutscht das rote Seidentuch, das ihre Hüfte bedeckt, zu Boden. Sie nimmt einen Schluck aus der Flasche und stellt sie wortlos zurück. Statt sich wieder in Positur zu legen, setzt sie sich nun zusammengekauert auf, schließt die Augen und wiederholt bedächtig langsam:
– *À l'artiste pensif ton corps est doux et cher ...*
Amrita nähert sich. Weiter aus ihrem Blickwinkel: Kamerazufahrt zur Chaiselongue, dann Maries Gesicht in Naheinstellung. Eigentlich Aufsicht, da Amrita nun vor dem nackten Modell steht. Marie lächelt fast unmerklich. Sie hat die Augen noch immer geschlossen. Amrita streicht ihr leicht über die Wange. Dabei klirren wieder ihre Armketten. Marie öffnet die Augen, schaut hoch zu ihrer Freundin und flüstert:
Tes grands yeux de velours sont plus noirs que ta chair.

Ihr Blick ist kindlich und lüstern zugleich. Sie schmiegt ihren Kopf an Amritas Bauch. Amrita umschließt Maries Gesicht mit beiden Händen, schüttelt den Kopf, ihre schwarzen Haare fallen auf ihre Schultern und über den Rücken, Marie entkleidet sie und zieht sie an sich. Sie taumeln und fallen. Küssen sich. Amerikanische Einstellung auf ihre nackten Körper. Beide Körper gleich fein und weich, Schenkel, Hüften, Brüste, nur der Farbkontrast ist erstaunlich: Maries blasser Teint und Amritas ambrafarbene Haut. Alles geschieht langsam und harmonisch. Sie umarmen sich zärtlich, wiegen sich, schmiegen sich Hand in Hand, Bauch an Bauch, Bein in Bein. Aneinander. Ineinander.

Weicher Bildschnitt.

Aufblende. Selbe Kameraeinstellung. Marie liegt jetzt mit dem Gesicht zur Wand. Vor ihr Amrita auf dem Rücken, im Profil. Sie haben sich mit dem roten Seidentuch bedeckt. Jetzt sieht man, dass es mit einem schwarzen Drachen bestickt ist.

Amrita beginnt zu sprechen:

– Weißt du, der Winter in Indien ... Es ist völlig anders als all das, was du dir vorstellen kannst. Anders als alles, von dem du je gehört hast.

Sie dreht sich zu Marie, stützt sich auf den linken Ellbogen und beginnt, die Konturen ihres Körpers mit dem Zeigefinger nachzuzeichnen. Während sie weiterspricht, schwenkt die Kamera durch das Zimmer, von Bild zu Bild, *Gypsy Girl from Zebegény*, das fertige Porträt von Boris mit den Äpfeln, *Young Girls, Notre Dame*.

– Das Land ist einfach wunderschön, endlose karge Flächen, die Erde granatrot, gelbgrau, ockerbraun, und die Menschen ... unglaublich dünn und dunkel, traurig und schweigsam ... und über allem schwebt eine Art ... Melancholie.

Self-Portrait with Easel, Madame Taslitzky, Young Girls, Sleep. – Und dann gibt es diesen wunderbaren Ort, den stillsten Ort, den ich je erlebt habe. Man weiß nicht, was Stille ist, was sie sein kann, solange man diesen Ort nicht gesehen hat. Ellora, die Höhlentempel.

Study of Model, Marie-Louise Chassany, Yusuf Ali Khan, Reclining Nude.

– Stell dir vor: gewaltige Felsen, in die Höhlen hineingeschlagen wurden, mächtige Säulen mit verzierten Kapitellen, und in den vielen niedrigen Höhlen: Stille und ein märchenhaftes Zwielicht.

Die Kamera hat nun das ganze Atelier umkreist und kehrt jetzt zu den zwei Freundinnen zurück. Sie liegen noch immer auf der Seite, Marie Amrita den Rücken kehrend, das Gesicht zur Wand, eng aneinandergeschmiegt.

– ... Wasser sickert durch die Felswand, und überall sind Skulpturen, einmalige Skulpturen und Einsamkeit.

Wir nähern uns den Gesichtern, dann wechselt die Kamera in die vertikale Aufsicht und überblickt beide Frauenprofile in Nahaufnahme.

– Ich muss nach Indien zurück, verstehst du? Ich gehöre dorthin, und Indien gehört zu mir.

Über Maries rechte Wange fließt eine stille Träne.

Wann ist es passiert? In Rom, Florenz, London oder Paris? Vor den himmlischen Khmer-Tänzerinnen des Musée Guimet oder vor den pastoralen Mulattinnen Gauguins? War es Michelangelos *Delphische Sibylle*, Tizians *Flora* oder Holbeins *Christina von Dänemark*? Oder geschah es schon als Kind bei ihrer ersten Indienreise? Während der Überquerung des Arabischen Meers oder in den Gärten des Taj Mahal? War es der Anblick der farbenprächtigen Gewürzpyramiden? Die in der Abendsonne trocknenden Saris? Das anmutige Antlitz der indischen Frauen? Wann kam der dringende Wunsch nach dem Land »jenseits des Operenziameeres, wo Turm auf Turm getürmt ist«? Wann die Sehnsucht nach dem Weiß der Dhotis und der Turbane, nach den bloßfüßigen Menschen mit silberner Haut, traurigen Augen und geschwungenen Brauen? Manchmal befällt mich die Gewissheit, dass Amrita mit acht Jahren schon wusste, dass sie in Indien zu Hause ist und dass sie hier sterben würde. Trotz der zu früh verheirateten Bräute, trotz der bettelnden Kinder, der verstoßenen und bei lebendigem Leib verbrannten Ehebrecherinnen. »Es war einmal, oder auch nicht.« So beginnen die ungarischen Märchen.

Amritas Entscheidung, im Sommer 1934 nach fünf Jahren in Europa zurück nach Indien zu gehen, liegt im Interesse ihrer künstlerischen Entwicklung, wie sie in einem Brief an die Eltern von Budapest aus begründet. Und diese Entscheidung ist eine endgültige und radikale. Sie begleitet sie mit einem Wechsel ihres Lebensstils. Von nun an kleidet sie sich nicht mehr westlich, sondern trägt ausschließlich Saris und traditionellen Schmuck, üppige Ohrringe und Halsketten aus Türkis und Jade. Die Pullover, die die Mutter ihr liebevoll strickt, lehnt sie vehement ab. Ihre Pose wird hieratisch, ihr Blick geheimnisvoll. Und ihre Palette wird erdiger, die Formen ursprünglicher, die Sujets ausdrucksvoller.

In Shimla lernt sie bald die Künstlerbrüder Barada und Sarada Ukil kennen, die in Delhi die erste Kunstschule Indiens und eine Gesellschaft zur Förderung der Künste gegründet haben. Obwohl sie Amritas triste Sujets nicht verstehen, bieten sie ihr eine Zusammenarbeit an.

Anfänglich verträgt aber die junge Malerin das Leben in der britischen Kolonialgesellschaft Shimlas und die Stimmung im Elternhaus nicht. Außerdem ist Indira für ein weiteres Schuljahr in Paris geblieben. So beschließt Amrita, das Land zu bereisen. Währenddessen richten ihr die Eltern hinter dem Haus ein Atelier mit Blick auf das Gebirge und die Pinienwälder ein. Die Mutter lässt sogar einen Swimmingpool im Garten bauen und fängt an, Enten und Papageien zu züchten.

Erste Etappe der Entdeckungsreise ist das Majitha House der Großfamilie Singh in Amritsar. Umraos Bruder Sunder begann von da aus seine politische Karriere und führte die Geschäfte der Zuckerfabrik in

Saraya. Dort bekommt Amrita die Gelegenheit, die Familienangehörigen zu porträtieren, die etwa gleichaltrige Sumair, drei der vielen Enkelkinder, Nirveer, Beant und Harbhajan, ihren Onkel Sunder Singh sowie Unbekannte von der Straße: einen kleinen Unberührbaren, einen alten Mann, zwei Zitronenverkäufer. Und sie entdeckt die Farbvielfalt der Erde, den aufsteigenden Staub über den Getreidefeldern, die wogenden Reishalme und das Schweigen der Frauen. Ich sehe sie durch die Dörfer spazieren, ich sehe, wie sie Kinderköpfe streichelt, wie sie sich auf einem Markt nach den Früchten ihrer Kindheit bückt. Ich stelle mir vor, wie sie in freier Natur einen schwarzen Ochsen skizziert, einen olivgrünen Obstverkäufer, eine ockerfarbige Bettlerin mit ihren zwei Kindern, und dazu die Farben der Landschaft: tiefgrün, orangebraun, gebrannte Siena, ockergelb und immer dieses tiefe Rot, dieses glühende Rot, dieses lodernde Rot, so warm und so lebendig.

Aus Amritas Brief an die Eltern, in dem sie ihren Beweggrund für eine Rückkehr nach Indien anführt, ist allerdings herauszulesen, dass ihr Vater Bedenken geäußert hat. Mag Umrao Singh noch so sehr das freizügige Leben seiner Künstlertochter in Paris geduldet haben, so fürchtet er jetzt doch um den guten Ruf der Familie in Indien. Er scheint Amrita wegen ihrer Unverfrorenheit und ihrer Affären mit Männern wie mit Frauen als »unmoralisch« bezeichnet zu haben. Amrita betont in ihrem Brief einerseits, dass sie sich nicht als unmoralisch – und das Wort ist zweimal unterstrichen – betrachtet, nicht im wahrsten – auch dieses Wort ist zweimal unterstrichen – Sinn des Wortes. Andererseits versichert sie ihm, dass sie in Indien auch diesbezüglich ein anderes Leben führen möchte. Dass es aber immer Leute geben wird, die ganz ohne Grund lästern und schlecht reden werden.

Und tatsächlich zieht sich Amrita in Shimla vom gesellschaftlichen Leben zurück. Sie reist viel, sammelt Eindrücke und widmet sich ausschließlich dem kreativen Prozess. Aber ihre erste Ausstellung gibt ihr Anlass dazu, das Versprechen an den Vater zu brechen. Von den zehn Gemälden, die sie für die Ausstellung der Simla Fine Arts Society einreicht, werden lediglich fünf akzeptiert und ausgestellt, und eins davon, *Young Girls*, bekommt den Preis des besten Porträts. Die erst Zweiundzwanzigjährige schreibt dem Komitee der Kunstgesellschaft einen schroffen Brief, in dem sie sich kein Blatt vor den Mund nimmt und den Preis ablehnt. Barsch wirft sie der Jury aufgrund der fünf verworfenen Bilder ihren Konservatismus und ihren schlechten Geschmack vor!

Ihr Männerverschleiß, allein in den ersten Monaten nach ihrer Ankunft in Indien, stammt auch nicht aus der Gerüchteküche: vom Verwaltungsbeamten Badruddin Tyabji über den jüngeren Bruder des Maharadschas von Faridkot, der sie heiraten will, bis zum Direktor von All Radio India, Rashid Ahmed.

Und dann kam Malcolm Muggeridge. Den zehn Jahre älteren englischen Journalisten, Schriftsteller und Dramatiker lernt sie im April 1935 kennen. An Indira schreibt sie nach Paris, dieser »außerordentliche Engländer« sei »der interessanteste, faszinierendste und beachtenswerteste Mensch«, dem sie je begegnet ist.

Die Villa der Eltern im Föhrenwald. Es ist Tag, es ist sonnig. Die Kamera fährt um das Haus herum; ein modernes würfelförmiges Gebäude steht am Berghang in der Lichtung. In die Fassade sind viele kleine Kieselsteine eingelassen. Amrita sitzt am offenen Fenster des ersten Stocks. Ranfahrt, sie trägt einen schlichten Malkittel aus grobem Leinen, keinen Schmuck, die Haare zusammengebunden; weiße Voilevorhänge wehen im Septemberwind. Ihr Lachen wird hörbar. Schnitt in das große Zimmer, es ist offensichtlich ihr Atelier. Staffeleien, Farbtuben und Terpentinflaschen, großformatige Leinwände stehen auf dem Boden, an die Wand gelehnt. Wir erkennen die Pariser Porträts, elegante Frauen im Pelzmantel, mit Perlenketten und Nagellack, und davor ganz neue, schlichte Motive: bloßfüßige Männer und Frauen, hagere Gesichter, traurige Blicke, ihr Teint ist dunkel; olivgrün, rote Erdtöne, ocker, braun, mit dem Weiß der Schleier und der Turbane gehöht.

In der Mitte des Ateliers sitzt ein eleganter Mann – hellgrauer Anzug, blaue Krawatte – in einem Rattansessel und schaut Amrita an.

– Mein Pariser Professor sagte einmal, dass meine Kunst sich nur in den Farben und in dem Licht des Orients frei entfalten könne.

Der Kamerablick richtet sich nun auf das offene Fenster. Hinter Amrita können wir den blauen Himmel und den satten Pinienwald sehen, und der Wind weht den herben Duft des Harzes herein.

– Er hatte recht, und irgendwie wusste ich das schon als Kind, als ich das erste Mal kam, dass ich hier zu sein habe, dass ich dieses Indien, diese Menschen zu malen habe: das wirkliche Indien, nicht das Land der »Wunderlampen und der Paläste«, weißt du noch, Mark Twain?

– Ja, fährt der Mann fort, »das Land der Tiger und Elefanten, der Kobra und des Dschungels«. Dabei streift er unwillkürlich über die Ledereinbände im Bücherregal neben ihm.

Amrita schaut nun aus dem Fenster, in die Ferne. Ihr Profil hebt sich vom hellen Hintergrund ab.

– Ich will das Leben der einfachen Menschen, das Leben der Armen übersetzen, mit neuen Farben, neuen Linien ... Weißt du, Malcolm, ich habe eigentlich Indien erst durch meinen Aufenthalt in Europa entdeckt; ich meine, ich habe die indische Malerei und Skulptur erst durch die moderne Kunst verstanden. Ich war in Rom, in Florenz, in Paris, in London, aber ich habe verstanden, dass kein Kunstwerk für mich mehr Bedeutung haben kann als manche anonymen Miniaturen aus dem Musée Guimet oder die Wandmalereien der Ajanta-Höhlen ...

Er schweigt.

– Aber ich stehe erst am Anfang, ich werde eine große Indienreise machen ... Es soll eine Ruinenstadt der Chandella-Fürsten geben, rotgelbe Sandsteintempel, fast hundert heißt es, einsam und verlassen in einem Meer von Niembäumen, aber majestätisch, wie Kathedralen, und mit den unglaublichsten Skulpturen verziert; rundherum wie Girlanden, auf mehreren Stockwerken, die feinsten Figuren, das musst du dir vorstellen, in den Stein gehauen: Tiere, Fabelwesen, Hindu-Götter, Tänzerinnen, *devadasis*, die auf Zehenspitzen balancieren, sich die Augenbrauen färben, die Haare kämmen oder die Fußsohle bemalen, und himmlische Nymphen, *apsaras*, die sich graziös und beschwingt in der Pose des Tanzes drehen ... und auch fliegende *gandharva*-Paare, ihre Glieder so biegsam, ihre Haut so glatt, in den Stein gemeißelt, als wären sie lebendig ... eng umschlungene Liebespaare ... ihre Gesichter in Ekstase!

– In einem Tempel?, unterbricht er sie.

– Ja, das ist weit von deiner christlichen Gedankenwelt, nicht wahr? Ich sagte es dir, dass hier alles anders ist! Es handelt sich um mystische Vereinigung, so wie es in den alten indischen Schriften steht, du weißt ja, diese Sanskrit-Schriften, die mein Vater studiert.

Die Kamera verlässt die junge Frau, kommt in den Raum, fährt an der Wand entlang, an der die großen Leinwände lehnen, und gelangt wieder zur Fensteröffnung, die nun leer ist. Nur die weißen Vorhänge, die sich im Wind bauschen. Im Off hören wir Amrita weiterreden:

– Und ich werde diese Gesichter einfangen, Dörfler, Marktfrauen, Bräute, Märchenerzähler, Wandermönche ... ich werde die Farben finden, tiefgrün, orangebraun, hellgelb, gebrannte Siena ...

Die Kamera schwenkt weiter durch das Zimmer. Wir sehen, dass Amrita sich zu Malcolms Füßen gesetzt hat und sich lasziv an seine Knie anlehnt.

Es folgt ein langes Schweigen, währenddessen Amrita verträumt schaut und Malcolm seinen Blick durch das Atelier schweifen lässt. Dann sagt er:
– Es stimmt, dass diese Gesichter etwas Hieratisches haben, wie soll ich sagen ... emblematisch, ikonisch, und doch so warm, so lebendig – Er hält kurz inne – Ihr Antlitz hat in der Tat die Anmut und die Sinnlichkeit der Rajputen-Miniaturen und gleichzeitig deren innere Ruhe, verglichen mit deinen vorigen Porträts, von mir zum Beispiel, du hast mich so ... kantig dargestellt, übertrieben knochig und steif, und diese riesige Hand im Vordergrund ... wie deine Pariser Freundin, da ...
– Marie-Louise, ja ... Ist dir eigentlich deine Ähnlichkeit mit ihr aufgefallen? Deswegen habe ich dich in derselben Pose malen wollen. Ihr seid euch so ähnlich. Vielleicht liebe ich dich auch deswegen so ...

Amrita lehnt nun ihren Kopf an seine Schenkel, Malcolm streicht ihr übers Haar.
– *Pourquoi tu es triste, ma douce?*
– Weil du zu spät kommst ...
– *Ma brune* ... du weißt doch, dass es zwischen uns niemals gehen könnte ... Erinnerst du dich, schon als wir uns das erste Mal gesehen haben, nein, das zweite Mal, auf dem Ball im Cecil Hotel? Du hattest einen schwarzen und silbernen Sari an ... Wir haben einen Walzer getanzt, und ich habe zu dir gesagt »ich könn-

te bis zur Ohnmacht tanzen«, und weißt du noch, was du geantwortet hast?

– Ich falle nie in Ohnmacht!

– Genau! So bist du nämlich. So narzisstisch, dass du niemanden neben dir dulden kannst. Nimm es mir nicht übel, so bin ich auch. Es ist zwischen uns immer sehr harmonisch gewesen, aber ... wir sind uns zu ähnlich, verstehst du? Wir sind zwei Rebellen, zwei Außenseiter, verwandte Seelen.

– Oh Malcolm, *j'ai fait de nombreuses conquêtes faciles, tu sais, mais toi*, es war was anderes ... *C'est dommage ...*

– Sag so was nicht. In Wirklichkeit bist du eine Jungfrau! Denn du hattest vielleicht viele Liebhaber, aber du hast dich nie richtig hingegeben, keiner hat eine Narbe hinterlassen. Während ich ... *je laisserai une cicatrice.*

Er beugt sich über sie und versucht, sie zu küssen. Sie weicht aus und steht auf, geschmeidig wie eine Katze.

– Wenn ich mit meiner Biografie von Samuel Butler fertig bin, werde ich deine schreiben!

– Ich hasse Biografien, sie klingen immer falsch und pompös, und Autobiografien überhaupt, nichts als Exhibitionismus!

– Nicht so, wie ich schreibe. Es würde dir bestimmt gefallen! Stell dir vor, der Verleger ist entsetzt über den Entwurf, den ich ihm zu lesen gegeben habe, weil ich den Mythos ein wenig ankratze! Vielleicht muss ich sogar einen anderen Verleger finden als Cape, der zum hundertsten Geburtstag natürlich eine konventionelle Biografie erwartet.

Malcolm geht nun zum Fenster, Amritas Blick folgt ihm im Spiegel, vor dem sie sich die Lippen langsam rot nachzeichnet. Malcolm schaut aus dem Fenster hinunter zum Haus der Eltern.

– Du trägst beide Kulturen in dir, beide Seiten, ich möchte sagen, beide Geschlechter. Dabei sind deine Eltern so ein seltsamer Widerspruch: er der Asket, der Träumer, so besonnen, weise, ruhig, beinahe wehmütig, und sie, so überschwänglich, so exzentrisch, so mondän, mit ihren Teepartys, mit Schokoladekuchen und Sahne!

– Du irrst dich, du täuschst dich, in Wirklichkeit ist meine Mutter die Trübere ... Weißt du, ihre Überschwänglichkeit verbirgt eine tiefe Verzweiflung. Du kennst sie nur so in Gesellschaft, aber sie hat Gemütsschwankungen ... – sie zögert, als könnte sie das Wort nicht herausbringen – selbstzerstörerische ... Als Kind habe ich sehr darunter gelitten, es würde mich nicht wundern, wenn sie sich einmal – sie bricht plötzlich ab –, und es macht mir Angst, auch diesen Charakterzug in mir zu erkennen. Jetzt, wo ich meinen Weg gefunden habe, strebe ich mehr denn je nach innerer Ruhe ... ich wäre gerne ein ruhiger Fluss, *un long fleuve tranquille*, wie mein Vater ...

– Ja, ich werde dieses Bild nie vergessen, wie er abends allein auf der Terrasse sitzt und bis spät in die Nacht die Sterne durch das Teleskop anschaut, sein Bart im Wind. Ich werde dieses Bild von ihm mitnehmen.

– Und von mir?, fragt Amrita im Spiegel.
– Deinen Appetit für feuerscharfe Currys und für rohe Steaks, lacht Malcolm, und die Schweißperlen in den Härchen an deiner Oberlippe, wenn du malst!
– Sag bloß, ich habe einen Bart!
– Das könnte dich zu einer Berühmtheit machen: Amrita Sher-Gil, die Malerin mit dem Schnurrbart!

Beide lachen herzhaft. Amrita dreht sich um, sie hat sich einen schwarzen *tika* zwischen die Augenbrauen gemalt, und ihre roten Lippen lachen den Engländer an:
– Wie wäre es mit einem Abschiedsspaziergang, Sahib Muggeridge?

Schnitt zu einem Waldweg am Berghang. Es ist schon kühl, es ist schon dunkel.

Amrita und Malcolm flanieren nebeneinander. Erst jetzt bemerken wir den Größenunterschied. Ihre zierliche Figur geht federleicht, barfuß in ihren Sandalen. Der Wind weht in den Pinienzweigen und trägt ihre Stimmen weg. Erst bei näherer Einstellung vernehmen wir wieder ihr Gespräch. Dabei sehen wir aus ihrem Blickwinkel die atemberaubende Aussicht auf die Steilhänge des Himalaja, auf die weißen Häuser, die wie Bienenstöcke am Grat hängen, und tiefer unten auf die Stadt mit Gebäuden im britischen Stil und dem emporragenden Turm der Christ Church. Man könnte meinen, man rieche die kalte Luft des Gebirges.
– Wo ist der Unterschied? Ob Gott, Buddha oder Lord Hanuman?

Amrita begleitet ihre Worte mit sehr graziösen Handbewegungen.

– Die Leute hier haben nicht auf die Engländer und ihre Kirchen gewartet, sie haben immer schon gebetet, und sie beten sowohl im buddhistischen Tempel als auch beim kleinsten Hindu-Denkmal am Straßenrand. Sie vermischen sogar die verschiedenen Religionen. Für sie ist es nichts als Tradition; Blumen, Blätter, Süßigkeiten, das sind ihre Opfergaben, eine Tradition, auf die sie stolz sind und die ihnen hilft, ihre harten Lebensbedingungen zu ertragen ...

– Es mag früher so gewesen sein. Als ich vor zehn Jahren in Kerala angekommen bin, hatte das alles noch Sinn, die Menschen waren beschaulich, besinnlich, und auf den Straßen hat es tatsächlich noch nach Jasmin geduftet! Aber schau dir heute Kalkutta an! Es ist nur noch Gegröle und Gestank nach Schweiß, Staub und Exkrementen! Amrita, ich kann an keine Religion und keine Ideologie glauben.

– Aber dein politisches Engagement, der Sozialismus? Auch mein Vater sagt, es könnte die Zukunft sein.

– Es ist eine Illusion gewesen, der Realsozialismus ist zum Scheitern verurteilt. Als ich vor drei Jahren in Moskau war, habe ich verstanden, dass das System in Wirklichkeit von einer genauso herrschenden Partei getragen wird und auf Dauer nur durch einen ausufernden Polizeistaat am Leben erhalten werden kann ... Außerdem, wie soll ich als Engländer an irgendetwas glauben? Ich bin ohnehin ein Ausschussprodukt dieser kranken kolonialen Gesellschaft. Ich glaube an nichts, ich erhoffe nichts, ich fürchte nichts, außer dem Bewusstsein meiner eigenen tragischen Wehmut ... Schau sie dir an, da unten auf der Mall, wie sie sonntags spazieren, lächerlich, die Männer mit ihren weißen Tropenhelmen, die Frauen mit ihren Sonnenschirmen; die indischen Städte sind von Sahibs für Sahibs gemacht worden, der Westen verkörpert nur noch Dekadenz.

– Deswegen kehrst du nach London zurück zu deinem *petit confort bourgeois*, mit Frau und Kindern?

– Amrita, bitte sei nicht gehässig, du weißt doch, dass ich das Angebot des *Evening Standard* nicht ablehnen kann.

Sie schweigen eine Zeit, während sie auf dem staubigen Weg weitergehen und sich einem kleinen Hindu-Tempel nähern. Der Engländer fügt dann doch hinzu:

– Außerdem hatten wir die Abmachung, dass wir nur Französisch miteinander reden, um uns Zärtliches zu sagen.

Amrita bleibt vor dem Tempel stehen, blickt lächelnd zu ihm empor und sagt:

– *Alors regarde, ce paysage!* Bald wird die Landschaft schneebedeckt sein, die Geräusche gedämpft, die Farben stumpf, und doch wird sich die Landschaft an dich erinnern ... die Natur ist wie wir, sie wandelt sich ständig und bleibt doch immer dieselbe. Komm mit rein – mit der rechten Hand macht sie zu ihm eine kryptische Geste –, *ne crains rien*; bevor du gehst, lehre ich dich noch, dem Rauschen der Stille zu lauschen.

Der kleine steinerne Tempel steht am Fuß einer Eiche, in der eine Affenfamilie auf Besucher zu warten scheint. Amrita und Malcolm ziehen ihre Schuhe aus und betreten den dunklen Raum. Der Engländer wirkt verlegen, fehl am Platz, beinahe zu groß für diese kleine dunkle Höhle. In der Mitte, leicht erhöht, ragt ein dickes zylindrisches *lingam* empor, und davor, in Augenhöhe, sitzt ein Priester auf dem nackten Stein, in die Farben Shivas gehüllt. Amrita geht vor, die enge schiefe Ebene entlang, in glücksverheißender Richtung um das *lingam* herum, und kniet sich vor dem Priester hin. Er leiert Sprüche, die Malcolm nicht versteht, setzt den beiden mit dem Daumen einen roten Farbpunkt auf die Stirn und legt ihnen eine gelbe Blumengirlande um. Malcolm sieht die bunten Blüten im mit *ghee* befüllten Becken, Malcolm riecht die Räucherstäbchen und den Ruß der vielen Kerzen, aber die Münzen, die Amrita dem Priester in die Hand legt, machen nicht das leiseste Geräusch. Die Kerzen und die Öllampen flackern und knistern. Großaufnahme. In der Ferne hören wir das schrille Pfeifen einer Zuglokomotive, unverwechselbar. Ein Windstoß, die Flammen erlöschen, und es wird dunkel.

Überblendung.
Der Zug pfeift erneut. Wir sind am Bahnhof von Summer Hill. Morgenröte. Strömende Menschen, Tumult. Die Waggons sind blau und rot bemalt. Malcolm steht am Abteilfenster und schaut hinunter zu Amrita, die noch zierlicher denn je wirkt. Sie trägt einen grü-

nen Sari mit roter und goldener Borte. Vom Gleis aus schreit sie ihm zu:

– *On a eu des moments noirs, mais aussi de beaux moments*, nicht wahr?

Ihre Augen sind mit Tränen gefüllt.

– *Oui, ma douce.* Weißt du noch, als du mich einmal im Juni besucht hast? Du hattest genau diesen Sari an und hast nach Rosenwasser geduftet, du bist zu mir ins Hotel gekommen, wir sind nicht essen gegangen, denn du hast sofort deine Armringe abgelegt und die Haare geöffnet, du hattest etwas sehr Zärtliches im Blick, Anmutiges, dein Körper, in dieser Nacht ...

Ein langes Pfeifen übertönt seine Worte.

– Ich versuche manchmal, dieses Bild hervorzurufen, aber es gelingt mir nicht, dafür taucht es immer auf, wenn ich es am wenigsten erwarte ...

Der Zug setzt sich mit einem Ruck in Bewegung, eine Staubwolke steigt empor, schrilles Knarren der Geleise, und Malcolm gibt zu verstehen, dass er Amritas letzten Satz nicht gehört hat. Sie geht ein paar Schritte mit, seine Hand noch haltend und wiederholt:

– Sei glücklich und ... *ne m'oublie pas!*

Aussen. Ein Küstenort. Abenddämmerung.

Sonnenuntergang über dem Ozean. Rauschen des Meeres, der Wind peitscht die Wellen auf. Kameraschwenk entlang einer menschenleeren Promenade, zu einem prächtigen Hotel im viktorianisch-gotischen Stil. Das Taj-Mahal-Hotel. Bombay. Unverkennbar mit seinen Kuppelpavillons, die dem Arabischen Meer zu trotzen scheinen. In rasanter Fahrt fegt die Kamera durch die Arkadenbögen, an den majestätischen Rajputen-Pferden vorbei, durch die Glasscheiben einer Terrassentür, die Stufen hinauf; ein indischer Diener kommt uns entgegen. Am Ende der Treppe stehen wir in einem prunkvollen Ausstellungsraum. Es ist der Inbegriff von Luxus: Kassettendecken, Perserteppiche, Kristallluster. Amritas Bilder hängen an den Wänden. Es sind die bekannten Pariser Porträts von Boris und Marie-Louise, Selbstbildnisse mit Schmuck und Pelz, Stillleben, aber auch erste indische Motive: zwei Buben mit einem Tonkrug, Dörfler, Frauen in Saris. Noch ist der Raum recht leer, nur ein paar Männer in strengen dunklen Anzügen. Die Diener in ihrer sandfarbenen goldbestickten Tracht servieren Champagner auf Silbertabletts. Die Kamera schweift weiter durch den Raum, der sich nach und nach füllt. Kleine Gruppen unterhalten sich schon, Leute werden einander vorgestellt, andere Besucher stehen allein vor Gemälden: *Young Man with Apples*, *Composition*, *Hill Women*. Die flüsternden Stimmen werden immer lauter. Erste Lichtblitze von Fotografen. Jetzt sehen wir Amrita, in einen schwarzen Sari gehüllt. Sie wirkt klein und einsam in der Menge. Hinter ihr steht ein junger Mann vor *Group of Three Girls*: drei indische Mädchen in farbenfrohen Saris, die Hände ruhend im Schoß, den Blick nach unten gerichtet. Amerikanische Einstellung auf den jungen Mann im Profil, der Notizen in ein Heft schreibt.

– Gefallen sie Ihnen?, spricht Amrita im Off.

Kreisfahrt der Kamera: Amrita steht nun neben dem jungen Mann. Der antwortet, ohne den Blick vom Gemälde abzuwenden.

– Eine ganz neue Bildsprache, schauen Sie, die Sanftheit der Gesichter und die statische Haltung erinnern an Gauguin, an seine Tahiti-Mädchen. Kennen Sie Gauguin?

Und während er das sagt, dreht er den Kopf zu ihr. Schweigen zwischen ihnen. Er hat sie erkannt. Sie lächelt ihn an. Die goldene Borte ihres Saris umrahmt ihr Gesicht. Die Blicke zwischen ihnen verraten, dass gleiche Saiten schwingen, kein Begehren, bloß dieselbe Leidenschaft für die Kunst.

– Also sind Sie ... dachte ich mir doch ... Entschuldigung, ich habe mich nicht vorgestellt, Karl Khandalavala.

– Amrita Sher-Gil, sehr erfreut.

Leicht verlegen greift er nach seiner Pfeife in der Anzugtasche.

– Ich hoffe, ich habe Sie nicht beleidigt mit der »statischen Haltung«, ich meinte damit »hieratisch«, eigentlich wie in der frühindischen Kunst, die der Miniaturmalerei, die Figuren sind in ihrer Immobilität trotzdem rhythmisch, nach außen gespannt, vibrierend.

– Sind Sie Kunsthistoriker?

Seine sinnlichen Lippen ziehen leicht an der Holzpfeife.

– Eigentlich bin ich Jurist, aber ich schreibe auch Kunstkritiken und Artikel für den *Sunday Standard*. Waren Sie eigentlich schon in Ajanta? Kennen Sie die Höhlentempel?

– Leider kenne ich bis jetzt nur Abbildungen, aber ich brenne darauf, sie zu entdecken. Nächsten Monat fahren wir hin, unsere Ausstellung kommt im Dezember nach Hyderabad. Und was werden Sie diesmal über meine Kunst schreiben?

– Ich werde schreiben, dass Ihre Bilder ein Muss für alle Kunstinteressierten sind, dass Ihre Kunst die perfekte Symbiose zwischen der indischen und der europäischen Kunst ist. Diese Drapees zum Beispiel, sie erinnern an Cézanne; auf den ersten Blick sind es bloß Flächen, grün, orange, rot, die die Modellierung nur andeuten, und doch erahnt man die Genauigkeit des Strichs, die perfekte Linienführung. Und dass Ihre Farbpalette so lebendig, beinahe glühend ist, die dunklen Erdtöne und das Rot. Niemand hat es je gewagt und beherrscht es so wie Sie. Ihre Farben sind unheimlich reich und komplex, und doch bleiben sie rein, hell, werden niemals grell oder überladen. Das alles werde ich schreiben.

Amritas Augen glänzen vor Staunen und Stolz.

– Und die Themen, die Sie jetzt behandeln, sind absolut neu hier in Indien, das Leben der einfachen Inder.

– *Bevor ich kam, waren sie Bettler, und schön war nicht einmal ihr Weinen.* Es ist ein Gedicht eines ungarischen Dichters namens Endre Ady. Wissen Sie, seit ich nach Indien zurückgekommen bin, weiß ich, dass es meine Aufgabe ist, solche schweigsamen Szenen der Geduld und der Demut zu malen. Diese armen Menschen mit ihren hageren Körpern und ihren traurigen Augen sind trotzdem aufrecht und würdig.

Und mit einem verschmitzten Lächeln fügt sie hinzu:

– Mein Vater nennt sie »meinen Graus«! Dabei sind zwei jetzt schon verkauft!

– Miss Sher-Gil, Sie haben eine große Zukunft vor sich.

– Sie auch! Sie verstehen wirklich etwas von Kunst. Nicht wie andere, die nur Blödsinn über mich schreiben.

Dabei schaut sie in die Richtung eines großen indischen Mannes mit Turban, der gerade Journalisten ein Interview gibt.

– Wenn Sie Barada Ukil meinen, lächelt Karl zurück, muss man ihm lassen, dass er der Erste ist, der auf Ihr Werk aufmerksam gemacht hat. Und diese gemeinsame Ausstellung zeigt doch, dass er Ihre Kunst schätzt, oder?

– Da Sie mir so sympathisch sind, werde ich Ihnen zwei Geheimnisse anvertrauen: Erstens bin ich davon überzeugt, dass Barada meine Kunst zutiefst verachtet und sich damit nur einen Ruf als Kunstkritiker machen möchte, wobei er keine Ahnung von Kunstgeschichte hat, und zweitens – sie lässt ihn ein wenig warten und schaut ihn schelmisch an – glaube ich, dass er in Wirklichkeit in mich verliebt ist und mich heiraten möchte!

Inzwischen hat sich der Raum noch mehr gefüllt. Journalisten haben sich im Schwarm um die ausstellenden Künstler gruppiert, um die Ukil-Brüder und bald um Amrita.

Aus der Menge:

– Miss Sher-Gil, bitte, ein Interview für *The Bombay Chronicle* ...

Karl versucht, das Gespräch im Gedränge weiterzuführen. – Es sind so viele Dinge, die ich Ihnen gerne zeigen möchte, bevor Sie Bombay verlassen, das Prince-of-Wales-Museum, meine Miniaturensammlung. Miss Sher-Gil, würden Sie das mit mir machen?

Amrita wird von Barada mitgerissen.

– Miss Sher-Gil, bitte, für *The Evening News of India* ...

– Ich verspreche es Ihnen, Karl, aber nur wenn Sie mich Amrita nennen!

Das Bild ist unscharf. Wir ahnen einen Frauenumriss. Das Foto wird in den Fokus gesetzt, und wir sehen Amrita in einem schwarzen Sari mit silberner Borte. Sie trägt lange Perlenohrringe mit passendem Halsschmuck. Die Haare sind nach hinten gesteckt, der Mittelscheitel und der *bindi* auf der Stirn betonen die Symmetrie und die Schönheit ihres Gesichts. Ihr zierlicher Körper wirft einen Schatten auf das hinter ihr gespannte Leintuch. Wir erkennen jetzt Karls Stimme:
– Ein Letztes noch.
Der Auslöser wird gedrückt.
– Das war's, es sind vierzehn geworden. Ich schicke sie dir nach Hyderabad, und du suchst aus, welche ich für die Zeitung verwenden soll.

Die Kamera fährt zurück auf Totale. Der Raum ist schlicht und elegant eingerichtet, kleine Skulpturen zieren Regale, gerahmte Miniaturen die Wände. Der junge Kunsthistoriker räumt gerade Kamera und Stativ auf. Dann greift er zu einer Pfeife und zündet sie an.
– Ach, Karl, diese Reise ... ich bin einerseits aufgeregt, so viele Schätze zu entdecken, andererseits ungeduldig, sobald nicht wieder malen zu können. Manchmal habe ich das Gefühl, dass die Zeit mir davonläuft ... Ich möchte noch so viel ausprobieren, so viel erschaffen ... und dann frage ich mich wozu, wenn meine Kunst hier in Indien nicht als solche anerkannt wird ...

– Amrita! Es kommt schon alles zu seiner Zeit! Es erinnert mich gerade an eine Stelle in ... kennst du dieses neue Kinderbuch *Winnie-the-Pooh*?
– Ich habe nur davon gehört.
– Ich muss dir das vorlesen. Ferkel, Winnies bester Freund, sagt: *Du musst es auch schätzen, nichts zu tun, dich treiben zu lassen, den Dingen zu lauschen, die du nicht hören kannst, und dich nicht zu sorgen. Der Fluss weiß das: nur keine Eile! Irgendwann kommen wir doch an.* Weißt du was, ich zeige dir jetzt ein Stück Indien, das du bestimmt nicht kennst. Einen Ort, wo die Zeit stehen geblieben ist.

Bildschnitt. Sie stehen auf der Straße vor einer Villa im Kolonialstil. Die Ähnlichkeit zwischen den beiden ist unverkennbar. Die gleiche Haarfarbe, die gleiche matte Haut, der gleiche Mund, der gleiche dunkle Blick. Eigentlich könnten sie sich als Geschwister ausgeben! Karl hält eine Laufrikscha an und erklärt dem Lenker die Strecke, die er nehmen soll. Verwunderung auf dem Gesicht des hageren, ärmlich gekleideten Rikscha-Wallahs.

Amrita und Karl fahren im offenen Gefährt durch ein nobles Villenviertel. Sie werden von Autos überholt und angehupt. Elegante Leute schlendern die Pedder Road entlang. Karl zeigt Amrita die reichen parsischen Häuser des Malabar Hill, den schönen Blick auf die Marine Line und die ganze Bucht, zeigt die große Mauer, da, hinter der die Türme des Schweigens stehen. Er erklärt, dass dort die Parsen ihre Toten bestatten, damit die Geier sie holen und so verhindern, dass die vier heiligen Elemente verunreinigt werden. Er sagt, dass Parsen nur Parsinnen heiraten dürfen und dass die Hochzeiten manchmal so groß sind, dass sie im Kricketstadium gefeiert werden. Die Rikscha rollt weiter an den Hängenden Gärten und am Jain-Tempel aus weißem Marmor vorbei. Weil die Straße steil bergab geht, muss der Rikscha-Wallah bremsen. Karl sagt, der Wallah habe sich gewundert, dass einer nach Banganga fahren will, er komme von dort und finde die Gegend nicht sehenswert. Beim Walkeshwar-Tempel bleiben sie stehen und steigen aus. Karl bezahlt den Rikscha-Wallah so großzügig, dass es ihm ein breites Lächeln entlockt. Der Tempel ist dem Gott Rama geweiht. Amrita und Karl gehen um den Tempel herum, durch ein Labyrinth aus Luftwurzeln von Banyanbäumen und Pappelfeigen, und kommen zu einem rechteckigen Wasserbecken, das von Steintreppen eingefasst ist. Rundherum stehen unzählige kleine Tempel und Altäre. Ein junger Hund schleckt den klebrigen Körper eines steinernen Ganesh eifrig ab. Das Wasser dieses Beckens sei heilig, sagt Karl. Der Legende nach sei die Quelle durch einen Pfeil des durstigen Rama entstanden, der auf der Suche nach seiner Frau Sita, die von dem Dämon Rawana entführt worden war, hier Trinkwasser schöpfen wollte.

Am Kopf der Treppe, die zum Gewässer hinunterführt, sitzen ein paar Händler und verkaufen Blumengirlanden, Farbpulver, Weihrauch und Betelblätter. Am Beckenrand rezitiert ein Priester ein Mantra, begleitet von einer Glocke: *Hare Rama Hare Rama, Rama Rama Hare Hare ...*

Amrita scheint elektrisiert zu sein. Sie hat sich auf eine Stufe gesetzt und schaut dem Geschehen zu: Ganze Familien kommen zu dem Ghat, um sich segnen zu lassen oder ihre Toten dem heiligen Wasser zu übergeben. Sie kommen barfuß, die Frauen bedecken Kopf und Gesicht mit ihrem Sari. Ein junger Mann taucht ins sprudelnde Wasser der Quelle ein, bis er völlig verschwindet, taucht wieder auf, reibt sich den Körper energisch ab und taucht wieder ein; rastlos wiederholt er das Zeremoniell. Ein Mann streut Asche aus einem bauchigen Kupferkrug ins Wasser. Dann zündet er eine kleine Öllampe in einem zusammengefalteten Blatt an, das er wie eine Barke aufs Wasser setzt. Die Frau neben ihm wirft Blütenblätter und rotes Pulver nach. Weiter am Ufer beten oder meditieren einzelne Männer. Karl und Amrita verweilen lange in der Nachmittagssonne, ohne zu sprechen. Karl zieht ruhig an seiner Pfeife.

Als sie den Ghat verlassen, planscht ein kleiner Bub im seichten Wasser, wo Asche und Blütenblätter sich vermischt haben.

Karl geht jetzt auf dem staubigen Weg, gefolgt von Amrita. Die Straße führt zu einem ärmlichen Dörfchen aus Lehmhäusern mit Strohdächern. Abseits des Dorfs, hinter einer Mauer, steht ein Krematorium: vier nebeneinander aufgestellte Feuerstellen, von denen eine einzige brennt. Flammen züngeln und flackern über dem Scheiterhaufen. Der hagere Mann, der dabei ist, das Feuer zu schüren, vertreibt die zwei Neugierigen. Weiter am Weg sitzen drei alte Männer unter einem Niembaum. Vor ihnen spielen Kinder im Staub, und Hühner laufen frei herum. Hinter den Häusern hört man das Rauschen der Wellen. Holzpfähle sind zwischen den Felsen aufgestellt, weiße Wäsche flattert im Wind.

Die Gässchen zwischen den Hütten sind so eng, dass die vor den Hauseingängen gelagerten Reisigbündel den Weg fast versperren. Eine zahnlose Frau greift Amrita freundlich auf den Arm und spricht in einer Sprache, die sie nicht versteht. Amrita und Karl schlängeln sich durch bis zum Meeresufer. Die Felsen sind schwarz und rau wie erstarrtes Lavagestein. Karl muss Amrita helfen, mit Sari und Sandaletten auf die Kuppe zu klettern. Nun stehen sie da, am Rande des Kontinents und blicken auf die offene Welt. Bald wird die Sonne am Horizont untergehen. Die Szene ist getaucht in das silberne Licht dieses Novembertags. Da gleitet ein Lächeln über Amritas Gesicht, die, den Blick weiter auf das Arabische Meer gerichtet, als Erste das Schweigen bricht:

– *... den Dingen lauschen, die du nicht hören kannst ...*

– Ja, fügt Karl versonnen hinzu, *der Fluss weiß das: Irgendwann kommen wir doch an.*

Karl Khandalavala und Amrita Sher-Gil waren seelenverwandt. Jenseits aller Esoterik und aller buddhistischen oder platonischen Lehren kann man behaupten, dass die beiden sich bei der ersten Begegnung in Bombay erkannt und einander trotz räumlicher Trennung ein Leben lang begleitet haben.

Karl war Jurist, Kunsthistoriker und Sammler indischer Miniaturmalerei. Als sie sich kennenlernten, hatte er schon Aufsätze und Bücher über die indische Kunst geschrieben. Den ersten Zeitungsartikel über Amrita schrieb er für den *Sunday Standard* im November 1936 anlässlich der Ausstellung im Taj-Mahal-Hotel. Von da an wird Amrita keine Reise mehr unternehmen, ohne dass sie Karl ihre Eindrücke auf einer Postkarte oder in einem Brief anvertraut. Sie verehren beide die indische Wand- und Miniaturmalerei und teilen die Liebe zur westlichen Kunsttradition und die kritische Haltung gegenüber dem »degenerierten Geschmack der indischen Mittelklasse« und der bengalischen Schule, die sich von der altindischen Kunst inspirieren lässt, ohne jedoch zu einer eigenständigen Kunstform zu gelangen.

Unmittelbar nach der Ausstellung in Bombay setzt Amrita ihre Indienreise mit Barada Ukil fort. Nach der ersten, ein Jahr zuvor von Barada in Shimla organisierten und der erfolgreichen Ausstellung in Bombay sind weitere im Süden geplant.

Von den Besichtigungen angeregt, arbeitet Amrita während der Reise an mehreren Projekten gleichzeitig. In den mit Fresken dekorierten buddhistischen, jainistischen und hinduistischen Höhlentempeln von Ajanta und Ellora skizziert sie badende Frauen, die zur Entstehung ihrer *Nude Group* führen. Diese Wandmalereien beeindrucken sie so tief, dass sie ihrer Schwester nach Shimla und ihrer Freundin Denise Proutaux nach Paris dithyrambische Briefe schreibt.

Nach einer weiteren Ausstellung in Hyderabad verweilen sie in Trivandrum, wo sie für einen traditionellen südindischen Kathakali-Tänzer und für die Schönheit der Menschen schwärmt. Diese Reise in den Süden scheint für sie wie eine Rückkehr zum Ursprung zu sein, sie lebt im Rhythmus der Natur und der lokalen Bevölkerung, bräunt sich in der Sonne und fährt Kanu wie damals auf der Donau. Die saftigen Landschaften, die mit Palmenzweigen bedeckten Lehmhütten, die Menschen so viel dunkler, so viel kontrastierter, in Trivandrum alle in Weiß gekleidet, die Männer, die mit langen, im Nacken kunstvoll geknoteten Haaren vor dem Tank-Tempel baden. Alles Eindrücke, die sie in ihre Bilder einarbeitet. Die Gemälde, die nach der Reise entstehen, *Bride's Toilet*, *Brahmacharis*, *The Story Teller*, *South Indian Villagers Going to Market*, zeugen alle von dieser Offenbarung des Südens.

Am Kap Komorin, der Südspitze des Subkontinents, malt sie am Strand eine Gruppe von Wasserverkäuferinnen mit zwei nackten Kindern. Barada hat sie dabei fotografiert. Der Wind weht in ihren weißen Leinenkittel, und ein Diener hält ihre Staffelei. In Cochin sieht sie die erotischen Fresken des Mattancherry-Palastes, deren Frauenfiguren sie an Rubens und Renoir erinnern und die sie noch tiefer als die Wandmalereien von Ajanta beeindrucken.

Allmählich lassen sie die Ausstellungen ihrer Werke zu einer indischen Berühmtheit werden. In Cochin erfährt sie, dass sie mit *Group of Three Girls* die Goldmedaille der Bombay Art Society gewonnen hat. Bei der folgenden Schau in Allahabad werden über siebenhundert Besucher gezählt und etliche signierte Kataloge verkauft. Überall wird sie um Interviews oder Zeitungsbeiträge gebeten, und die Presse bezeichnet sie beinahe unisono – abgesehen von den Konservativen, die ihre Kunst als kubistisch abstempeln, also für damalige Verhältnisse abwerten – als bahnbrechende, revolutionäre Künstlerin. Allein im Jahr 1936 berichten im März die *Hindustan Times*, im September *The Tribune*, im Oktober *The Sunday Statesman*, im November *The Hindu*, *The Bombay Chronicle*, *The Evening News of India* und *The Khalsa* und im Dezember *The Madras Mail*, von den Radioberichten ganz abgesehen. Die Weichen für eine indische Karriere scheinen gestellt.

Und wenn sie am Ende der Reise, Ende Februar 1937, in Delhi für eine letzte Ausstellung im Imperial Hotel mit den Ukil-Brüdern und einigen ihrer Studenten ankommt und Jawaharlal Nehru kennenlernt, ist sie bereits genauso berühmt und umstritten wie der

»ungekrönte König Indiens«, wie Nehrus glühendste Anhänger den damaligen Vorsitzenden des indischen Nationalkongresses nennen. In den fünf Jahren, die Amrita noch zu leben hat, treffen sie sich fünf oder sechs Mal und haben einen regen Briefverkehr. Nehrus Briefe gehören aber zu denen, die die Mutter in einem Wutanfall verbrannt hat. Ein einziger ist erhalten geblieben: sein Beileidschreiben an die Mutter, in dem er ihr versichert, dass Amritas Charme und Intelligenz ein lebensspendender Gewinn für Indien gewesen seien, und für alle Menschen, die mit ihr in Berührung kamen.

Im April 1937 kommt Amrita nach Shimla zurück. Das Atelier hinter dem Elternhaus ist fertig eingerichtet und sie ist eine renommierte Künstlerin. Noch hat sie nicht viele Bilder verkauft, aber ihr Ruf als Exzentrikerin geht ihr voraus, und ihre inzwischen ruchbare Nymphomanie trägt nicht unerheblich dazu bei. Man schreibt ihr Zorawar Singh, den älteren der zwei Singh-Brüder, die sie seit der Kindheit in Shimla kennt, Charles Fabri, einen Kunstkritiker aus Lahore, John Walter Collins, den Korrespondenten der Nachrichtenagentur Reuters als Liebhaber zu. Der Vater schlägt sogar eine Heirat mit Nehru vor, die sie vehement ablehnt. Sie sagt über sich, dass sie ohnehin nicht malen kann, wenn sie verliebt ist. Diese Begegnungen, ob intellektueller oder sexueller Art, braucht sie offensichtlich als Impuls, sozusagen als Brennstoff für ihr Schaffen. Mehr nicht. Denn die Kunst steht jetzt im Mittelpunkt ihres Lebens, seit sie ihre eigene Bildsprache gefunden hat. Sie malt jetzt großformatige Kompositionen mit vereinfachten, klar abgegrenzten Formen. Die Farben? Die Farben Indiens. Die Themen? Die Menschen und Tiere in ihrem Alltag.

Es folgen Monate der Zurückgezogenheit und des konzentrierten Arbeitens, in denen sie viel über die indische Kunst liest und sich über zeitgenössische Künstlerkollegen in Indien und Paris informiert. Aus der *Ville lumière* schickt ihre Freundin Denise regelmäßig Zeitungsausschnitte und Ausstellungskataloge und hält sie auf dem Laufenden über Marie-Louises und Ediths Befinden. Sie organisiert sogar, dass Amritas Bilder, die dortgeblieben sind, gelegentlich zu Salonwettbewerben in Paris oder zu Ausstellungen nach Indien verschickt werden. Als Dank für die von Denise erbrachten Leistungen schenkt ihr Amrita traditionellen Schmuck aus Indien und Tibet, manchmal auch einen Sari.

Zu ihren Inspirationsquellen gehört die Literatur: ungarische und französische Poesie, Ady, Verlaine, Rimbaud, Baudelaire; die Romanciers Romain Rolland, Thomas Mann, Aldous Huxley, James Joyce und Virginia Woolf. Unter den russischen Schriftstellern gibt sie, im Gegensatz zu ihrem Vater, der Tolstoi anhimmelt, Dostojewski den Vorzug. Und aus einem Brief an Karl im März 1937 erfahren wir, dass sie die sieben Bände von Prousts Roman *Auf der Suche nach der verlorenen Zeit* im Original gelesen hat.

Über den Wunsch hinaus, sich auf ihr Schaffen zu konzentrieren, verspürt sie den Drang, sich finanziell und emotional von den Eltern abzunabeln. Die Gestaltung ihres Shimla-Studios in einem zum Geschmack der Mutter entgegengesetzten Stil kann als erster Schritt in diese Richtung verstanden werden: Art déco bis hin zu Bauhausmöbeln und Einrichtungsgegenständen mit klaren Linien aus Stahl und Glas. Sie entwirft auch einen Teppich mit schlichten abstrakten Formen, die an Miró oder Kandinsky erinnern.

Gelegentlich macht sie Ausflüge nach Lahore, »dem indischen Paris«, wo viele Künstler und Intellektuelle leben. Anlässlich einer Ausstellung ihrer Werke im Dezember 1937 trifft sie wieder Nehru, lernt neue kunstinteressierte Leute kennen und bekommt Auftragsarbeiten für Porträts, die ihr zumindest ein wenig zur Unabhängigkeit verhelfen. Und um der angespannten Stimmung bei den Eltern auszuweichen, fährt sie auch zum Familienanwesen nach Saraya, wo sie Dorfszenen und das Treiben um die Zuckerfabrik malt, etwa die Lieferung des Zuckerrohrs durch Büffelkarren. Im Garten des Anwesens lässt sie Bäuerinnen mit ihren Kindern posieren, und im großen Teich baden die Arbeitselefanten. Aber das für sie wohl eindrucksvollste Erlebnis dürfte ein Ganesh Puja gewesen sein, ein Fest zu Ehren des elefantenköpfigen Gottes Ganesh. Zehn Tage lang wird in den Dörfern gefeiert. Kleine und große Elefantenskulpturen aus Tonerde werden angefertigt. In den Haushalten und auf öffentlichen Plätzen stellt man sie auf und ehrt und verehrt sie täglich mit Kerzen und Blumen. Am letzten Tag wird getanzt und gesungen, und die Tonelefanten werden im Wasser des Flusses oder des Meeres versenkt.

Während eines dieser Aufenthalte in Saraya bezieht Indira, die inzwischen einen Inder namens Kalyan Sundaram geheiratet hat, aber das Elternhaus nicht verlassen will, Amritas Studio. Dies führt zu einem Streit zwischen den Schwestern, der Amritas Beschluss zur Folge hat, Shimla zu verlassen. Die Zeit ist gekommen, ihren eigenen Weg zu gehen.

Eine letzte Szene in Amritas Atelier in Shimla, in dem wir Zeugen ihres Abschiedsgesprächs mit Malcolm Muggeridge waren. Während der ganzen Sequenz bleibt die Einstellung fix und in der Totale, sodass wir alles detailliert erkennen können. Die Pariser Bilder, die noch an die Wand gelehnt sind, sind kaum mehr zu sehen, denn zwei Porträts des Engländers und großformatige Leinwände mit Indienmotiven stehen darüber. Es ist ein sonniger Sommertag, und es herrscht ruhiges Treiben. Neben dem Spiegel hat der Vater seinen Fotoapparat aufgestellt. In der Mitte des Raums sitzt Amrita auf einem Hocker an der Staffelei. Leinenmalkittel und zurückgebundenes Haar. Sie malt eine überlebensgroße Dorfszene, die später *South Indian Villagers Going to Market* heißen wird. Vor ihr posieren nur drei der sechs gemalten Figuren: zwei Frauen im blauen und violetten Sari und ein kleines Kind. Eine Frau trägt einen kugelrunden Krug in den Armen, die andere ein Tablett mit grünen Bananen auf dem Kopf, das Kind, vielleicht fünfjährig, steht nackt mit dem Rücken zu uns, wie Amrita es auf der Leinwand dargestellt hat. Sein Körper ist sehr dunkel, die Haare pechschwarz und nackenlang, und es erinnert zweifellos an die Fotos der kleinen im Schilf plätschernden Amrita in Budapest. Es trägt bloß zwei goldene Armringe am rechten Handgelenk. Im Rattansessel, in dem Malcolm damals saß, liegt eine junge schwarze Katze und schläft.

Der Vater macht mehrere Klischees, nun bittet er seine Tochter, sich zu ihm zu drehen und still zu bleiben. Ihr Blick ist distanziert und ergreifend zugleich. Dann macht sie sich wieder an die Arbeit und bittet ihren Vater um eine Geschichte. Der Vater fängt an, ruhig zu erzählen:

– Aus der Liebe zwischen Shiva und der schönen Göttin Parvati ward ein Sohn geboren. Es war ein hübsches, pummeliges Kind, und den hießen sie Ganesh. Alle Götter und Göttinnen stiegen vom Berg Kailash herab, um das Kind zu bewundern und zu verehren. Selbst die Navagrahas, die neun Planeten, kamen vom Himmel herunter, um das göttliche Paar zu beglückwünschen. Bald darauf unternahm Shiva eine lange Reise ...

Amrita macht ihren Modellen ein Zeichen, dass sie eine Pause machen können, legt ihre Palette auf den Boden und steht auf. Der Vater fährt fort, während er leise und bedächtig sein Stativ aufräumt:

– Eines Tages wollte Parvati baden und bat ihren eigenen Sohn, Ganesh, Wache zu stehen. Ausgerechnet in diesem Moment kam ihr Mann, Shiva, von seiner Reise zurück. Es waren viele Jahre vergangen. Shiva wollte zu Parvati ins Bad, aber Ganesh, der seinen Vater nicht erkannte, ließ ihn nicht durch zu seiner nackten Mutter. Shiva, der in dem schönen Jüngling seinen Sohn nicht erkannte, köpfte ihn auf der Stelle ...

Amrita und die Frauen sitzen am Boden und essen Früchte. Das Kind hat sich zum Rattansessel gesetzt und hört, mit der Katze spielend, dem alten bärtigen Mann zu.

– Als Shiva dann verstand, dass er gerade sein Kind getötet hatte, beschloss er, den Kopf des ersten Lebewesens auf Ganeshs Rumpf zu setzte, dem er begegnen würde. Es war ein Elefant. Und so wurde Ganesh mit einem Elefantenkopf wieder ins Leben gerufen.

Zoom auf die Katze, die plötzlich vom Sessel runterspringt und schnurgerade auf die Palette zuläuft.

– Bubu! Nein!

Amritas Versuch, die Katze zu vertreiben, ist missglückt: Das junge Tier steht mit allen Vieren in der schmierigen Ölpaste und schaut leicht verdutzt und beleidigt. Alle lachen laut auf. Sie läuft aus dem Atelier hinaus, und ihre Tatzen hinterlassen farbige Flecken auf dem Parkett. Blau, violett, schwarz und grün.

Wir befinden uns jetzt im Garten vor dem Studio Amritas. Unterhalb das Elternhaus, im Hintergrund der Föhrenwald und das Himalajagebirge. Wir gehen mit der Katze eine Treppe hinunter und auf einer gepflasterten Allee am Elternhaus vorbei. Aus der Froschperspektive sehen wir Marie Antoinette in einem Gartensessel.

– Bubu, mein Süßer, komm zu mir!, hören wir sie rufen.

Ranfahrt. Auf dem Tisch eine Porzellantasse und eine silberne Kanne, ein Buch und ein Krug mit Feldblumen. Wir kommen dem cremeweißen Sommerkleid immer näher, bis wir zum Gesicht der gebückten Frau aufblicken. Das Bild ist unscharf und gegenbelichtet.

Mit dem Katzensprung verlässt die Kamera den Blickwinkel des Raubtiers und geht zurück auf eine amerikanische Einstellung. Marie Antoinette krault das schwarze glänzende Fell, und die Katze schnurrt behaglich mit geschlossenen Augen.

Rasch wechselnde Naheinstellung auf indische Zeitungen: *The Indian Ladies' Magazine, Times of India, The Illustrated Weekly*. Das Bild bleibt auf *The Hindustan Times* stehen, Detailaufnahme des Datums: *Friday, March 12, 1937*, dann Zoom auf ein Foto Amritas mit Jawaharlal Nehru. Eine Radiostimme setzt im Voice-over ein: *Jawaharlal Nehru besucht die Ausstellung der Ukil-Brüder im Hotel Imperial von Delhi und zeigt sich begeistert von Amrita Sher-Gils Kunst.* Das Foto zeigt Nehru und Amrita vor einem Gemälde in Erdtönen: eine Mutter mit traurigen Augen, die ihr Kind vor einer unsichtbaren Gefahr zu schützen scheint. *Ihr Bild* Mother India *sei die wahre Verkörperung des indischen Subkontinents und damit bahnbrechend für die indische Kunst.*

Wieder beschleunigtes Bildwechseln von Titelseiten. Die Kamera stoppt auf den *National Herald*, datiert mit 21. August 1938, mit dem Titel: *Jawaharlal Nehru auf Europareise: sein Bericht aus Budapest.*

Hindustan Times, 13. Oktober 1940. Im Voice-over kündigt eine Journalistenstimme an: *Im Rahmen seiner Indienreise hielt der Führer der Unabhängigkeitsbewegung eine Rede vor den Bauern Gorakhpurs, in der er die Armut der Bevölkerung des ganzen Distrikts beklagt, die allein auf die Zuckerkrise zurückzuführen sei. Er forderte die Zuckermagnaten auf, die nach Beginn des Kriegs beschlossene*

Preiserhöhung zu überdenken, um die Überschüsse zu tilgen. Eines der Fotos stellt eine Zuckerfabrik aus Ziegelsteinen dar, vor der Bauern Zuckerrohr von Holzkarren auf eine Auffahrtsrampe laden.

Die Radiostimme fährt fort: *In Saraya besuchte Nehru ebenfalls die Zuckerfabrik der Majithia-Familie, wo er Miss Sher-Gil, die von ihm verehrte Malerin, traf.* Das andere Foto zeigt Amritas lachendes Gesicht, die mit Nehru für Fotografen vor der Klinik der Zuckerfabrik posiert. Sie trägt einen schwarzen Sari mit goldener Borte; Nehru, der kaum größer ist als sie, schaut aus wie ein Schulbub in seiner kurzen Hose, mit seinen Stutzen, seinem Pionierhemd mit hochgekrempelten Ärmeln – wären da nicht seine typische elegante Kappe und der auf Amrita gerichtete kluge Blick. Im Hintergrund erkennen wir Victor, ganz in Weiß gekleidet, eine Zigarette in der Hand; ein paar neugierige bloßfüßige Kinder haben sich um die Prominenten gruppiert.

Neuer Bildwechsel: Ein Zeitungstitel erwähnt Nehrus Verhaftung am 30. Oktober 1940 an der Cheoki-Station. *Nehrus Aktionen des zivilen Ungehorsams gegen die Kolonialverwaltung führen ihn diesmal in das Dehradun-Gefängnis.*

Die Stimme geht in das nächste Bild über. *The Tribune*, Sonntag, 7. Dezember 1941. Zwei Porträts zieren die Titelseite. Nehru, ganz in Weiß gekleidet und mit Blumen um den Hals: *Nehru wieder aus dem Dehradun-Gefängnis entlassen.* Daneben Amrita im schwarzen Sari mit der goldenen Borte. Die Fotolegende hören wir als Radiostimme: *Malerin Amrita Sher-Gil unter unerklärlichen Umständen in der Nacht von Freitag auf Samstag gestorben.*

Das Zimmer ist klein, die Wände sind weiß, von der Tür blättert der Lack ab. Doch die klaren Linien der Möbel verleihen dem Zimmer Einfachheit und Geräumigkeit. Das Licht spiegelt sich im Stahl und Glas des Couchtisches und auf dem Schwenkarm eines Koffergrammophons. An der Wand hängen zwei aus flachem Holz geschnitzte javanische Schattenfiguren, und auf einer Konsole steht eine anmutige indische Bronzefigur. Neben dem Fenster mit einem schwarz-weiß gestreiften Vorhang steht ein Jugendstilsekretär. Karl und Amrita sitzen in Art-déco-Sesseln und schauen Fotos an.

– Das bin ich mit meiner Cousine Klára bei der Ankunft in Neapel. Sie hat mich mit Victor abgeholt. Es ist Anfang Juli 1938.

Großaufnahme auf ein Foto in Karls Händen: Amrita steht am Quai neben einer westlich gekleideten hübschen Frau. Im Hintergrund sehen wir einen Ozeandampfer mit der Inschrift *MB Victoria*.

– Ist Klára Victors Schwester?

Karl trägt eine Militäruniform und hat jetzt einen dünnen Oberlippenbart wie Errol Flynn. Von da an sehen wir in Schuss-Gegenschuss-Einstellung abwechselnd die Gesichter und die Fotos in Großaufnahme.

– Nein, eine andere Cousine, Victors Schwester heißt Viola.

– Du musst eine kleine Sensation gewesen sein, als du in Neapel so »verkleidet« erschienen bist!

Close-up auf Amritas lächelndes Gesicht.

– Am Anfang haben wir in Budapest bei Victors Mutter gelebt, wo wir auch geheiratet haben.

Sie reicht Karl ein weiteres Foto. Das Brautpaar posiert umschlungen in einem Sessel, Amrita schmachtend auf Victors Schoß wie auf den Kitschpostkarten des Fin de Siècle.

– Den Rest des Sommers haben wir in Zebegény verbracht, von dem ich dir erzählt habe. Das ist das Haus, und das sind wir beim Baden. Das ist Ella, Kláras Mutter, und vorne Blanka, Victors Mutter, die zwei Schwestern meiner Mutter, hier beim Kartenspielen mit Victor, Tante Ella und Kláras Bruder György.

Karl legt die Fotos weg und zündet eine Pfeife an.

– Dann musste Victor zum Militärdienst nach Kiskunhalas, ganz im Süden Ungarns, und ich bin ihm gefolgt. Hast du gewusst, dass Nehru in Europa und ausgerechnet in diesem Sommer in Budapest war? Aber zu der Zeit war ich schon in Kiskunhalas. Schau! Wie gefalle ich dir als ungarische Bäuerin?

Amrita und Victor stehen vor einer Windmühle; sie trägt ein getupftes Kopftuch und ein Bauernkleid, er eine Uniform der ungarischen Armee mit Säbel und hohen schwarzen Stiefeln. Auf dem nächsten Bild sitzen die Liebenden in einem Getreidefeld vor einem Strohhaufen.

– Dann ging es zum Plattensee, wo Victor stationiert war. Wir wussten zwar schon, dass Krieg droht, aber hatten Probleme, die Auswanderungspapiere zu bekommen. Außerdem wollte Victor noch Erfahrungen sammeln. Dort habe ich die Schneelandschaften und die Marktszenen gemalt, die ich so *bruegelisch* finde. Auch den Friedhof und die Prozession. Ich bin gespannt, was du dazu sagen wirst. Aber jetzt zeige ich dir meinen ganzen Stolz.

Amrita geht zum Schreibtisch und holt aus einer Ledermappe einen Zeitungsartikel heraus, den sie Karl reicht. Wir folgen ihren Bewegungen und sehen die Szene in amerikanischer Einstellung. Sie setzt sich auf seine Armlehne und liest ihm aus der *Münchner Illustrierten Presse* vom April 1939 vor:

– *Die erste Frau des Fernen Ostens als Mitglied des Grand Salons.*

– Ein Wunder, sagt Karl, dass dein Werk von den Deutschen nicht als *entartete Kunst*, wie sie das nennen, abgestempelt wurde. Ich habe gelesen, dass viele Arbeiten moderner Künstler beschlagnahmt wurden, und unlängst sind mehr als fünftausend Bilder und Zeichnungen in Berlin verbrannt worden.

– So wie sie nach der Machtergreifung Bücher verbrannt haben. Ja, es ist ein Gräuel, was sich in Europa abspielt. Als wir im Juni 1939 von Genua weggefahren sind, waren an Bord der Gneisenau viele Flüchtlinge ... Ich muss aber gestehen, dass ich die ganze Reise seekrank war, daher nicht viel von der Überfahrt mitbekommen habe. Dadurch konnten wir auch unseren Aufenthalt in Colombo nicht so verlängern, wie ich es gerne gehabt hätte. Ich habe von Ceylon leider nur das Nationalmuseum in Colombo gesehen. Und wenn man bedenkt, dass die meisten Originale dem British

Museum geschenkt wurden, selbst die berühmte Göttin Pattini ist eine Kopie ...

– Diese Bronzeskulptur hast du aber nicht dort gekauft.

– Nein, in Madurai, direkt vor dem Tempel.

Die Kamera schwenkt zu der bronzenen Schönheit. Sie trägt eine Gabenschüssel in den Händen. Während unser Blick über ihre geschwungenen Hüften und ihren fein ziselierten Schmuck gleitet, spricht Karl weiter aus dem Off:

– Ich schätze, dass das Original deiner Statue aus derselben Zeit wie die Tara Pattini stammt, die du in Colombo gesehen hast, siebtes oder achtes Jahrhundert. Es ist auch tantrisch-buddhistische Kunst und könnte sogar dieselbe Göttin darstellen. Der sinnliche Körper mit dem starken Kontrast zwischen der engen Taille und den prallen Brüsten verkörpert das weibliche Idealbild. Tara Pattini steht für Mitgefühl, Barmherzigkeit und Liebe.

Karl ist aufgestanden und steht nun auf Augenhöhe mit der Bronzefigur.

– Sie ist sehr schön verarbeitet und grazil.

Nach einer Weile fügt er hinzu:

– Wollen wir morgen nach Kushinagar fahren?

Zurück auf Halbtotale, wir sehen den ganzen Salon. Karl steht vor der Statue und zieht an der Pfeife, Amrita sitzt am Schreibtisch.

– Morgen nicht, Karl, ich möchte den ganzen Tag malen, übermorgen gerne. Unterwegs, wenn man Saraya verlässt, kann ich dir die Straßenschreine mit den

Terrakotta-Elefanten zeigen, die als Vorbild für meinen *Ganesh Puja* gedient haben. Die Leinwand hängt jetzt bei meinen Eltern im Salon, du musst unbedingt einmal nach Shimla kommen, um sie dir anzuschauen.

– Warum seid ihr nicht in Shimla geblieben, wo du doch das große Atelier hast?

– Das Leben bei meinen Eltern ist unmöglich geworden, weil meine Mutter Victor nicht akzeptiert. Daher die Idee, hierherzukommen. In Shimla hätte Victor ohnehin keine Stelle finden können, das Angebot meines Cousins, die Fabrikklinik zu übernehmen, war unverhofft. Unser Traum wäre aber, nach Lahore zu gehen. Seit meiner letzten Ausstellung habe ich viele Freunde dort, und mein Vater hat auch Beziehungen, die vielleicht helfen könnten, eine Praxis zu eröffnen. Die Stadt ist richtig kosmopolitisch, es gibt dort so viele Künstler und Literaten.

Inzwischen hat Amrita in ihren Fotos weitergestöbert und reicht eines Karl, der wieder im Sessel sitzt. Amrita hat sich aufs Fensterbrett gesetzt.

– Ein seltsames Bild, zwei frisch Vermählte vor dem Taj Mahal, die so düster schauen und die Blicke voneinander abwenden. Außerdem ist es ganz schief!

– Ja, ich weiß, das hat ein kleiner Bub gemacht!

– Amrita, beantworte bitte meine Frage, ich verstehe noch immer nicht, warum du Victor geheiratet hast.

– Und ich verstehe nicht, warum du diesen dämlichen Schnurrbart trägst. Spielst du jetzt Robin Hood oder Captain Blood?

– Amrita! Ich meine die Frage ernst ...

– Karl, ich mag Victor seit der Kindheit in jeder Hinsicht. Es ist mir bewusst geworden, wie sehr er mir in den letzten Jahren hier in Indien gefehlt hat, wie sehr ich ihm vertrauen kann. Und im Gegensatz zu meinen indischen Verehrern akzeptiert er eine Ehe ohne Kinder. Wir haben eine Abmachung getroffen.

– Aber dein Heißhunger nach Abenteuern?

– Weißt du, ich habe auch bemerkt, dass ich weniger nach Sex hungrig bin, falls du darauf anspielst, als auf das Flirten, das Knistern zwischen zwei Menschen, die einander langsam näherkommen.

– Du bist wie Winnie-the-Pooh! Hast du das Buch endlich gelesen?

– Nein, dafür habe ich mich tapfer durch Joyces *Ulysses* durchgekämpft. Also sag schon, warum erinnere ich dich an Winnie?

Halbnahe Einstellung auf Karl, der den Kopf zu Amrita gedreht hat.

– Als er gefragt wird, was er am liebsten tut, antwortet Winnie nach langem Überlegen, dass es etwas noch Schöneres gäbe als Honigessen, und zwar den Augenblick, kurz bevor man anfängt, Honig zu essen, aber er wisse nicht, wie dieser Augenblick heißt!

Das Bild versinkt langsam ins Weiß einer Rauchwolke. Weicher Bildschnitt.

Aufblende. Selbe Kameraeinstellung. Jetzt sitzt Victor im Art-déco-Fauteuil und liest Zeitung.
– Wem schreibst du?
Seine Stimme wirkt kühl und unbeteiligt. Aus dem Off vernehmen wir Amritas Stimme:
– Meiner Schwester.
Die Antwort löst eine Kamerabewegung aus, die nun den ganzen Raum zeigt. Durch den gestreiften Vorhang kommt milchiges Abendlicht herein, und wir sehen den Staub in der Luft flimmern.
Amrita sitzt am Sekretär, in einen schlichten Sari gehüllt, ihr Haar, pechschwarz glänzend, zu einem losen Knoten gebunden. Sie hebt leicht den Kopf und schaut ins Leere. Dann senkt sie wieder den Blick aufs Briefpapier. Wir hören ihre Erzählstimme aus dem Off: *Diese kleine Wohnung könnte sehr liebevoll eingerichtet werden, aber leider lässt uns Cousin Kirpal nicht so viel Freiheit. Und er selber liebt den scheußlichsten Schnickschnack und sogenannte »persische Teppiche«. Vor ein paar Tagen wollte er einen absolut hässlichen um fünfundzwanzigtausend Rupien kaufen! Zum Glück konnten wir ihn umstimmen.*
Die Kamera wandert langsam von ihrem Gesicht zu der bronzenen Schönheit. Amritas Erzählstimme spricht weiter: *Victor kann jetzt recht gut Englisch, seit ich ihn unterrichte, aber er hat wenig Zeit für mich, da er jeden Tag in die Klinik der Zuckerfabrik gehen muss. Es*

kommen arme Leute, Frauen, Kinder, wegen kleiner Verletzungen oder einer einfachen Gastritis; unlängst hat er einen Mann mit einem gelähmten Arm, den alle aufgegeben hatten, heilen können. Also kommen immer mehr Patienten, jetzt sind es bis dreihundertfünfzig am Tag, und Victor macht viele Überstunden, arbeitet von sechs Uhr dreißig bis sechs am Abend, auch sonntags, und wird manchmal auch nachts geholt. Du musst dir auch vorstellen, dass sie kaum Geräte und Material zum Operieren und Desinfizieren haben. Vor ein paar Tagen wurde er zu einem Cholerafall sehr weit weggerufen und bekam dafür fünfzehn Rupien. Und er ist ständig in Kontakt mit ansteckenden Krankheiten, Cholera, Pocken, Typhus ... Arbeit gäbe es genug, aber es gibt in Saraya, in dieser gottverlassenen Gegend, keine Hoffnung auf eine eigene Praxis. Wir wollen also weg, vielleicht nach Lahore, sicher nicht zurück zu den Eltern nach Shimla. Aber jetzt, mit der Zuckerkrise, kann Victor Cousin Kirpal nicht im Stich lassen.

Inzwischen ist die Kamera durch das Zimmer geschwenkt. Wir haben gesehen, wie Amrita zum Grammophon gegangen ist, und eine Platte aufgelegt hat. Auf dem aufgeklappten Deckel klebt ein Etikett mit dem berühmten Hundelogo und *His Master's Voice – Model 102*. Victor ist in seine Lektüre vertieft geblieben. Großaufnahme auf die *Times of India*, datiert mit *Sunday, March 16, 1941*. Im Hintergrund von Amritas Stimme hören wir jetzt eine Klaviersonate von Beethoven.

– *Habe ich dir gesagt, dass Kirpal angeboten hat, mir zweihundertfünfzig Rupien im Monat für ein Bild zu bezahlen? Sollte ich mehr malen, kann ich die weiteren Bilder behalten. Das Geld könnte uns helfen, die Stadt zu verlassen. Mutti wird es auf Victors Verantwortungslosigkeit und Faulheit schieben ...*

– Willst du Schach spielen?

Victors Frage bleibt in der Luft hängen. Vielleicht von den pathetischen Stakkati der Musik übertönt.

– Und über mich sagt sie, ich sei ein durchtriebenes Luder, ein schmutziges Mädchen, und das schreibt sie im vollen Bewusstsein, nicht in einer Krisenzeit wie damals. Seit dem Eklat mit Victor und ihrem letzten Selbstmordversuch vor zwei Jahren wechselt sie ständig zwischen verleumderischen und freundlichen bis rührenden Briefen. Die Erinnerung an die letzten schmerzhaften Monate in Shimla quält mich noch immer.

Amrita hebt den Kopf, ihre Augen sind voller Tränen. Victor, noch ganz in die Zeitung vertieft, wirft ein:

– Ungarn steht diesmal endgültig vor dem Krieg. Horthy wird sich mit Hitler verbünden.

Langsam zoomt die Kamera auf Amrita, ihre Hand fährt wieder über das blassblaue Briefpapier. In ihrer kindlichen Schrift schreibt sie: *Liebste Indu, altes Mädchen*, eine Träne fällt auf das Papier; aus Amritas Blick sehen wir den Schreibtisch mit einem gerahmten Schwarz-Weiß-Foto. Eine Gruppe von Jägern, Europäer mit Kolonialhelmen, unter ihnen Amrita im Sari und Victor, posieren lächelnd vor ihrer Beute: Ein Leopard hängt an einem Stamm, getragen von zwei Kulis mit Turbanen. Die Erzählstimme fährt fort: *Ich muss dir erklären, warum ich so lange nicht geschrieben habe.*

Ich habe eine ziemliche Krise durchgemacht. Ich habe auch länger nichts gemalt. Eigentlich seit den fünf Elefanten, die für mich im Garten des Majithia-Anwesens posiert haben und die du zu Weihnachten gesehen hast. Erinnerst du dich, wie düster es schon ist? Wie das Rot sich aus meiner Palette zurückgezogen hat? Von meinen Bildhauereiversuchen halte ich nichts, obwohl alle mich loben. Als Karl im Januar auf Besuch war und sich von meinen letzten Arbeiten beeindruckt zeigte – übrigens auch von meinen Talenten als Hausfrau! Er hätte nicht gedacht, dass er mich je Socken stopfen sehen würde! –, dachte ich, dass diese drei Tage mit ihm stimulierend sein könnten. Vor allem der Ausflug nach Kushinagar: das Antlitz des großen liegenden Buddhas ist so friedlich ... Aber kaum war Karl weg, bin ich wieder in eine tiefe Depression gefallen.

Die Musik hat aufgehört. Amrita geht zum Grammophon. Wir sehen wieder aus ihrem subjektiven Blick, wie sie den Schwenkarm zurückführt, die Platte entfernt, sie in ihre Hülle zurücklegt und eine andere auflegt. Auf dem runden roten Etikett steht geschrieben: *RCA Victor – Artur Rubinstein Plays Beethoven's Pathetique Sonata – Recorded in 1936 – Part 2.*

Im Off fährt Amritas Stimme fort: – *In der* Times of India *hat der Journalist Rudi von Leyden einen dithyrambischen Artikel über mein Bild* The Swing *geschrieben, er lobt meine Fähigkeit, ›die Schönheit und Zärtlichkeit indischer Frauen zu erfassen‹. Den Zeitungsausschnitt habe ich den Eltern schon geschickt.*

In den Pausentakten der Musik hören wir das Kratzen der Feder auf dem Papier. *Aus meiner Idee, einen Trauerzug zu malen, ist nichts geworden. Es ist noch nicht an der Zeit. Oder zu spät. Wir haben eine Hitzewelle und Staubsturm. Aber sollte ich es eines Tages malen, muss es ein fröhliches Bild werden. Denn das Sterben ist nichts Trauriges, erinnere dich an das Gedicht von Tagore:*

> *›Schöne Tage,*
> *nicht weinen, wenn sie vergangen,*
> *sondern lachen, dass sie gewesen.‹*

Indu, Schwester, das Tragische ist nicht der Tod, sondern das Leben. Das Chaos und die Finsternis, die Kriege, Erdbeben und Überschwemmungen, nichts bleibt den Menschen erspart. Es scheinen zerstörerische Kräfte am Werk zu sein, die das Ganze aus dem Gleichgewicht bringen. Victor erzählte, dass sogar in Ungarn die Juden verfolgt und abgeschoben werden. Wie du weißt, sind unsere zwei Familien laut Gesetz jüdische Mischlinge. Und wenn Victor von seiner Mutter seit Monaten nichts gehört hat, obwohl sie früher wöchentlich schrieb, hat es vielleicht nicht nur damit zu tun, dass der Briefverkehr zwischen Indien und Ungarn unterbrochen ist. Wenn dieser Krieg endlich zu Ende gehen könnte! Es ist schmerzhaft, mir Paris unter deutscher Herrschaft vorzustellen. Was wird aus der modernen Kunst werden, für die die Deutschen kein Gefühl haben? Was aus meinen Pariser Künstlerfreunden? Ich weiß nicht, was aus Edith und Marie-Louise geworden ist. Von Boris gibt es Gerüchte, dass er sich dem Widerstand angeschlossen hat. Und jetzt habe ich auch noch Angst um Karl, seit er sich der Indian Air Force angeschlossen hat, dieser Dummkopf! Soll-

te er sterben, verliert Indien seinen besten Kunsthistoriker. Wobei ich die Gefahren schwer abschätzen kann, er ist im Hafen von Goa stationiert und kontrolliert die japanische Flotte ... Mädchen, Schwester, dazu kommt, dass Victor und ich nichts mehr gemeinsam zu haben scheinen, wir verbringen manchmal Stunden nebeneinander, ohne miteinander zu reden. Ich bin schweigsam, ich höre ihn seufzen, es ist manchmal unerträglich, deprimierend. Nein, ich bin nicht das fröhliche, strahlende Mädchen, das du zu kennen glaubst. Du und ich sind uns in Wirklichkeit ähnlich. Ob wir das von unserer Mutter geerbt haben? Ich habe sogar das Interesse an der Gesellschaft von Menschen verloren, ich fühle mich müde, ausgelaugt, melancholisch und leer.

Die Musik ist zu Ende, und die Nadel dreht sich knirschend im ewigen Kreis in der letzten Rille der Platte. Diesmal steht Victor auf, führt den Schwenkarm zurück und verlässt das Zimmer.

In einer ruhigen Nacht wie dieser wird Amrita in der neuen Wohnung in Lahore sterben. Nur ein paar Monate nach unserer Szene, nach dieser Nacht. Sie wird als Erste schlafen gegangen sein, und Victor wird sie schon sterbend im Bett vorfinden. Er wird versuchen, das Fieber zu senken, die Blutung zu stillen, die Schmerzen zu beruhigen. Niemand weiß, woran sie gestorben ist. Und auch nicht, warum Victor keine Hilfe geholt hat. In einer ruhigen Nacht wie dieser.

Da Victor drängt, schlafen zu gehen, muss ich jetzt Schluss machen. Aber davor, zur Erheiterung, möchte ich dir noch ein Rezept geben, für das nächste Mal, wenn du Gäste hast. Es ist eine scharfe süßsaure Sauce, die ideal zu gegrilltem Fisch passt. Dazu brauchst du Heinz-Horseradish-Pulver. Zwei Teelöffel verrührst du mit Wasser zu einer Paste. Zudecken und eine Stunde unbedingt ruhen lassen, damit es nicht bitter wird. Dann brauchst du es nur mit Crème fraîche, ein wenig Zucker, Salz und dem Saft einer frisch gepressten Zitrone zu vermischen. Es wird dir bestimmt schmecken!

Bei der Gelegenheit, kannst du uns bitte ungarischen Paprika schicken? Victor sagt, dass man ihn in Shimla kaufen kann. Maman weiß auch, wo. Wir üben uns beide im Kochen, obwohl Victor seit der Angina und der Nierenentzündung vor einem Jahr kein Salz und keine Gewürze essen dürfte. Gestern ist uns ein halászlé sehr gut gelungen. Auch unsere Kuchen für das große Familienfest wurden sehr geschätzt: dobos torta, csokoládé und rumos diótorta. Kannst du Maman auch um das Rezept der mézeskalács und des Karamellkochs bitten, die sie uns als Kinder machte? Essen ist hier beinahe meine einzige Aktivität!

Bitte schick mir noch ein paar der Bücher, die ich bei dir gelassen habe, ›Le Temps retrouvé‹ und ›Le côté de Guermantes‹, sag aber Maman, dass sie sonst bitte nichts mehr schicken soll, die Wohnung hier ist viel zu klein, und solange wir keine Villa gefunden haben, haben wir wirklich keinen Platz für die Handtücher, Tisch- und Bettwäsche, die ich in Shimla gelassen habe. Dafür hat sie mir seltsamerweise den breiten Strohhut zukommen lassen, den ich ihr – das Wort »ihr« unterstreicht sie – aus Budapest gebracht hatte! Geht es ihr wirklich so schlecht, wie Duci sagt? Verliert sie den Kopf? Das Verschwinden der lieben

Bubu-Katze allein kann es doch nicht sein? Erzähl mir von dir und von den Eltern.

Meine ganze Liebe an Duci. Sag ihm, dass ich ihm demnächst schreiben werde.

Sei umarmt, altes Mädchen, du fehlst.

Amrita räumt den Schreibtisch auf, steht auf, klappt den Deckel des Grammophons zu und verlässt das Zimmer.

Kameraschwenk auf Victors leeren Sessel mit der gefalteten Zeitung. Das Bild versinkt langsam ins Grau. Von den geschnitzten Schattenfiguren an der Wand sehen wir nur noch die grazilen Umrisse.

Auslöschen der Lampe im Morgenlicht. Im Halbschatten der Morgendämmerung haben sie sie gebadet und sie in einen weißen Sari gehüllt. Ein Kaschmirschal, rotes Zinnoberpulver im Scheitel ihres Haars. Ihre Lider Rosen gleich, ihre Brauen geschwungen wie ein Bogen. Im Rot der aufgehenden Sonne haben liebende Hände ihren Leichnam getragen, an der Badshahi-Moschee und am Fort vorbei, bis zu den Ufern des Flusses Ravi. Bei jedem Schritt das Klirren ihrer Armreifen.

Hier sind keine steinernen Ghats, die zum Wasser hinführen, nur die sandigen Ufer. Der Fluss ist breit und ruhig. Es ist Winter, es ist Ebbe. Ein Sonntag im Dezember. Frühwind. Die Kräuselungen des Wassers wiegen die ersten Fischerboote und silbrig glänzende Lotusblätter. Ein streunender Hund, weidende Büffel, schwärmende Vögel. Ein Yogi sitzt halb nackt vor dieser Flusslandschaft. Sein langes wirres Haar ist mit Asche bedeckt.

Der Scheiterhaufen liegt bereit, das Holz geschichtet, und eine Bahre aus Bambus. Amrita wird daraufgelegt. Freunde haben Blumen gebracht: Jasmin und Ringelblumen. Blüten und Flugsandel werden verstreut und mit *ghee* benetzt. Ihr Vater führt den Ritus durch. Der alte Löwe, weißer Mähnenbart, still wie der Fluss, sein schwarzer Blick getrübt, entzündet den Scheiterhaufen und singt den *Kirtan Sohila*: *Räucherwerk ist der Wind, der mit kühlem Duft von Süden weht ...*

Bald züngelt Rauch, das Feuer lodert, die Flammen brennen lichterloh. Karminrot, Krapprot, Indienrot. Nun ist Schweigen. Nur noch das Knistern des Feuers und das Schluchzen der Mutter. Ihr schwarzes Kleid weht in der leichten Brise. Sprühende Funken steigen in den Himmel, die Blumenblüten flattern auf, farbenprächtig. Und in der Stille der Glut vernehmen wir das Knacken des berstenden Schädels.

Ein paar Tage später wurde ihre Asche eingesammelt und im kühlen Silberschein des Mondes in den Fluss gestreut.

Schöne Tage,
nicht weinen, wenn sie vergangen,
sondern lachen, dass sie gewesen.

Seit dem 5. Dezember 1941 warten vier schwarze Büffel auf ihren letzten Pinselstrich. *Last painting.*

Letzte Sequenz. Die Geschichte geht hier zu Ende. Innen. Dämmerung. Marie Antoinette sitzt wieder im großen Ohrensessel des indischen Salons, das Gesicht völlig verwüstet. Wenn die Kamera von ihr zurückfährt, sehen wir, dass alle Briefe offen auf dem Teppich verstreut sind. Inzwischen ist es also dunkel geworden. Und der Regen hat aufgehört. Es hat so oft geregnet, seit Amrita gestorben ist. Auf die Dörfer, auf die Gassen, in denen die Kinder spielen, auf die Dächer des Jakhu-Tempels und der Badshahi-Moschee. Sieben Jahre sind vergangen. Sieben Mal hat der Monsun die Junihitze zu kühlen versucht und die Fontänen des Shalimar-Gartens gefüllt. Oft hat die Mutter versucht, aus Verzweiflung aus dem Leben zu scheiden. Ihr Mann verliert Jahr für Jahr allmählich das Gedächtnis. Im Haus wurde nie mehr gelacht, nie mehr gesungen. Sieben Jahre der Trauer, seit Amrita zur Asche wurde und sich mit dem Wasser des Flusses vermischt hat. In Europa hat der Zweite Weltkrieg Millionen Tote gefordert. In Indien hat die Teilung zu einer der größten Vertreibungsbewegungen der Geschichte geführt und einen Krieg verursacht, bei dem eine weitere Million ums Leben kommen wird. Und nicht genug damit, der Monsun hat auch noch seine jährlichen Opfer durch Flut und Unwetter gefordert. Marie Antoinette Sher-Gil, geborene Gottesmann-Baktay, trauert aber allein um ihr Kind. Immer wieder hat sie die Briefe gelesen, um sie wieder lebendig zu machen. Und immer wieder musste sie auf Stellen stoßen, die sie nur daran erinnerten, dass sie tot ist. Die Sätze drehen sich in ihrem Kopf, werden zu einem monotonen Gesang, zu einem quälenden Pochen, *ich fühle mich manchmal furchtbar einsam ... vielleicht habt ihr recht, wenn ihr mich als eitel und stolz bezeichnet ... ich habe Angst, dass sich eure Prophezeiung erfüllt ...* Großaufnahme auf ihr Gesicht, sie wirkt entrückt. Aus der Ferne ertönen die ersten Takte eines Boleros. Zwei Frauenstimmen beginnen zu vokalisieren *Qué me importa que florezca, qué me importa que florezca*. Wir hören *El Desdichado*, der Hoffnungslose. Marie Antoinette schließt die Augen. *... ich bin nicht das böse, unanständige, ja undankbare Mädchen ... ich fühle mich manchmal furchtbar einsam.* Die Melodie wird von Amritas Stimme überdeckt: *... ich fühle mich hilflos ... ich kann gegen mich selbst nicht ankämpfen ... ich habe Angst ... meine Kräfte verlassen mich ...*

Entfernt hören wir das schrille Pfeifen eines Zuges. Marie Antoinette öffnet wieder die Augen, blickt starr geradeaus. Jetzt steht sie auf und geht zum Schreibtisch. Nun stehen wir vor dem Schreibtisch und sehen aus ihrem Blickwinkel. Von da an, rasche Auf- und Abblende dieser Szene und der Kremation. Wir sehen den Scheiterhaufen, das kolorierte Foto mit den kleinen Mädchen, den Vater mit der Fackel, die Pistole in der offen gebliebenen Schublade, aufsteigende Flammen, die Hand, die zur Pistole greift. Naheinstellung auf die Leinwand mit dem Terrakotta-Elefanten. Lauter Knall. Die Musik bricht jäh ab. Danach Stille. Zoom auf den Kopf der Ganesh-Statue. Die lehmrote Ölfarbe würde nass und flüssig scheinen, und das Tier würde beginnen, sich wie in einem Trickfilm zu bewegen. Zeitgleich würden wir das Kichern zweier kleiner frecher Mädchen hören und das schnelle Davontrippeln ihrer Schritte auf dem Holzparkett.

Nathalie Rouanet, 1966 in Frankreich geboren, lebt und arbeitet seit 1990 in Wien. Sie ist Autorin, Übersetzerin für Film, Theater und Literatur und tritt unter dem Namen Ann Air als Slammerin auf. Doktorat der Germanistik und Romanistik an der Universität Wien. Diplomstudium der Deutschen Philologie an der Universität Toulouse. Zahlreiche Stipendien und Förderpreise. Ihr Roman »Rouge indien« ist 2023 im Pariser Verlag Perspective cavalière erschienen.

Quellen
Die Schreibweisen der Bildtitel im Text orientieren sich an den gebräuchlichsten Schreibweisen.

Amrita Sher-Gil: Eine indische Künstlerfamilie im 20. Jahrhundert, Katalog der Ausstellung, 3.10.2006–7.1.2007, Haus der Kunst, München, Schirmer/Mosel, München, 2006

Amrita Sher-Gil: Ernst Múzeum Budapest: 5.9.–3.10.2001 und Institut Hongrois de Paris: 12.3.–2.4.2002, Éd. Katalin Keserü, Ernst Múzeum, Budapest, 2002

Amrita Sher-Gil: a self-portrait in letters & writings, introduced, annotated & edited by Vivan Sundaram, Tulika Books, New Delhi, 2010

Patrick Cazals: *Amrita Sher-Gil, une rhapsodie indienne*, Dokumentarfilm, Les films du Horla, 2003

Yashodhara Dalmia: *Amrita Sher-Gil, a life*, Viking Penguin Books India, New Delhi, 2006

Claudia Ott: *Gold auf Lapislazuli, Die 100 schönsten Liebesgedichte des Orients*, C.H. Beck, München, 2008

Boris Taslitzky: *Tu parles ! Chroniques*, L'Harmattan, Paris, 2004

Danksagung

Die Autorin bedankt sich bei Kurt Herlt, Françoise Guiguet und Anne Lösch für ihr unerschütterliches Mitschwärmen und bei ihren Verlegern dies- und jenseits der Donau, der Alpen und der Sprachen Étienne Gomez, Sarah Legler und Jorghi Poll.

Erste Auflage
© Edition Atelier, Wien 2024
Rouge indien: © Perspective cavalière, 2023
www.editionatelier.at
Buchgestaltung: Jorghi Poll
Korrektur: Theresa Öhler
ISBN 978-3-99065-118-6

Das Buch ist urheberrechtlich geschützt. Alle Rechte vorbehalten, insbesondere für Übersetzungen, Nachdrucke, Vorträge sowie jegliche mediale Nutzung (Funk, Fernsehen, Internet). Kein Teil des Werkes darf in irgendeiner Form ohne schriftliche Genehmigung des Verlags und der Autorin reproduziert oder weiterverwendet werden.

Mit freundlicher Unterstützung der Literaturabteilung
der Stadt Wien, MA7

Dieses Werk wurde vom Institut français d'Autriche im Rahmen
des Zweig-Programms gefördert.

Weitere Bücher finden Sie auf der Website des Verlags:
www.editionatelier.at